Écrit la nuit

Données de catalogage avant publication (Canada)

Morisset, Louis, 1915-1968

  Écrit la nuit

  ISBN 2-7604-0346-7

  I. Titre.

PS8526.O74E27 1989   C843'.54   C89-096096-8

PS9526.O74E27 1989

PQ3919.2.M67E27 1989

Photo de la page couverture : Stanké

ISBN 2-7604-0346-7

Dépôt légal : premier trimestre 1989

IMPRIMÉ AU CANADA

LOUIS MORISSET

Écrit la nuit

Préface de Mia Riddez Morisset

Stanké

PRÉFACE

Il y a cinquante ans, un petit nombre de journalistes et d'écrivains, très souples de la plume et de l'imagination, las de crever de faim en vendant des brosses Fuller ou des cartes de Noël faites à la main, se recyclèrent vivement à l'avènement de la radio et plus tard de la télévision. Ma foi ! ces individus se firent, grâce à ces médias, un métier passionnant et rémunérateur. Les purs, les ariens de la profession, tentèrent bien alors de traiter ces nouveaux littéraires à la petite semaine de prostitués de la plume... Il y eut même à ce sujet des polémiques dans les journaux de l'époque. Quelques auteurs de « romans-fleuves » allèrent même jusqu'à s'excuser d'avoir succombé à l'appât du gain mais... Louis Morisset, auteur, journaliste et publiciste à CKAC, claironna bien haut qu'au contraire, lui, avait enfin trouvé un merveilleux moyen de s'exprimer et d'atteindre le public, ce qui n'était pas chose facile, les Canadiens français lisant très peu dans les années 1940.

En trente ans de carrière tant à la radio qu'à la télévision, lorsqu'il mourut le 6 décembre 1968, Louis Morisset avait écrit, avec ma collaboration pour la radio : « Grande sœur » pendant vingt ans ; « Tante Lucie » pendant quinze ans ; « La Scène tournante » pendant deux ans ; « Écrit la nuit » pendant deux autres années puis « Les Contes de chez nous » pendant deux ans encore, et enfin « La Rue des Pignons » pendant trois ans. Tout cela concurremment et tant sur les ondes de CKAC que de Radio-Canada.

Puis ce fut la télévision : « Les Filles d'Ève » pendant quatre ans et « Rue des Pignons », qui commença le 4 septembre 1967 et qu'après le 6 décembre 1968, je dus continuer seule. Louis est parti à 53 ans : de santé fragile, il avait dû lutter toute sa vie contre la maladie. Mais nul ne se souvient de lui autrement que comme un être ardent, généreux, débordant de vie spirituelle et d'enthousiasme. De ces trente années de labeur, il reste des piles de textes, des milliers de pages noircies de dialogues, toujours des dialogues : une forme de littérature difficile à mettre en bouquin et qui fait un peu penser à des tas de châteaux de sable qu'emportera la mer. Heureusement se détachent « Écrit la nuit » et les « Contes de chez nous » composés pour la radio et que disait Albert Duquesne, un de nos grands comédiens du temps.

Ce n'est qu'aujourd'hui, alors que je suis presque à la retraite, que je peux enfin réunir ces lignes en un livre qui portera le nom de l'auteur : Louis Morisset.

Un seul livre attestera de cet écrivain pourtant prolifique. C'est là, sans doute, la rançon du merveilleux métier d'auteur de radio et de télévision.

Ces contes ont le style un peu suranné des années 1950, alors que les Québécois étaient encore en devenir et traités en pupilles d'une Église austère et bornée, et qu'il fallait se servir d'un vocabulaire châtié, je dirais même pudibond, lorsque l'on avait la responsabilité d'écrire pour la radio.

Mais il m'apparaît que ce peut bien être un charme, et pour sûr... un souvenir.

Mia Riddez Morisset

ÉCRIT LA NUIT

Je suis seul et je veille. Quels sont donc ceux qui veillent avec moi, ce soir ?

Il y a les moines qui prient ; les malades qui souffrent et ceux qui les soignent. Il y a les noceurs et les insomniaques. Il y a ceux que hante l'idée du crime et qui s'y préparent. Il y a les condamnés à mort dont ce sera la dernière nuit. Il y a ceux qui s'aiment et qui ne s'endormiront qu'enlacés et repus d'une douce fatigue. Je ne suis pas seul à veiller mais je veille tout seul.

Mon papier et ma plume me tiennent compagnie. Et le glissement de ma plume sur le papier est doux à mon oreille. L'écrivain a beau faire, il est seul. C'est un solitaire parce qu'il lui faut le silence pour repasser dans sa mémoire ses histoires, celles qu'il a recueillies et celles qu'il invente. Et c'est pourquoi il s'isole. C'est pourquoi, quelquefois, il n'entend pas quand on lui parle. C'est pourquoi il veille avec les moines, les malades, les criminels, les condamnés à mort et les amoureux lorsque dorment ceux qui n'ont ni à prier, ni à souffrir, ni à boire, ni à tuer, ni à mourir, ni à aimer, ni à écrire.

J'aurais voulu être gardien de phare pour indiquer aux navires, la nuit, les chemins de la mer. J'ai choisi d'écrire mais je me garde bien de penser que je prêche une doctrine. J'envie la certitude du gardien de phare qui sait qu'il indique la bonne route.

J'ai connu un homme qu'on disait un phénomène et qui prétendait ne pas avoir dormi pendant quarante ans. C'est qu'il ne savait pas faire la différence entre le sommeil et le rêve. Il avait tant l'habitude du rêve éveillé que lorsqu'il lui arrivait de rêver endormi, il ne se souvenait pas d'avoir dormi, mais seulement d'avoir poursuivi un rêve commencé la veille. Cet homme, donc, ne mentait pas : il rêvait constamment mais ne dormait jamais. Pour lui, c'était la vérité. Quand il mourut, l'an dernier, personne n'osa dire qu'il s'était endormi dans le sein de Dieu. On déclara qu'il rêvait pour l'éternité dans la paix du Seigneur.

Je veille. Mais l'écrivain ne doit pas être uniquement un homme des ténèbres. Il doit avoir vu le soleil et goûté sa chaleur pour en parler et la communiquer aux autres.

J'ai fui la civilisation. J'en avais assez du bruit : le tintamarre des tramways, les beuglements des klaxons d'automobiles, les sonneries du téléphone, les cris des gens qu'on écrase, le râle des passants qu'on assassine, les aveuglantes manchettes des journaux qui promettent pour demain de nouvelles guerres, de nouvelles tueries. Le monde est devenu masochiste et se complaît, semble-t-il, dans la vision des supplices que l'homme se prépare à infliger à l'homme. J'ai fui le monde. Ce matin, je suis descendu au lac pour voir de plus près se lever le jour. Le soleil a surgi de derrière la montagne et a brusquement embrasé toute la nappe d'eau. J'ai pensé à Flaubert : « C'était à Mégara, faubourg de Carthage, dans les jardins d'Hamilcar. » Mais j'ai chassé le fantôme matinal de Salammbô qui, en me remettant en mémoire le lever du soleil à Carthage, me distrayait du lever du soleil dans mes Laurentides. Et seul, devant ce ballon rouge, j'ai compris que j'avais tort de croire que ce qu'on appelle la civilisation me manquerait.

J'ai opté pour la solitude, mais je n'ai choisi ni le désert, ni la brousse. Je suis en pleine forêt, en pleine montagne, mais des hommes habitent à quelques milles d'ici et pourraient me porter secours s'il m'arrivait malheur. Tout le monde ignore où je suis. Et ici, je me fais appeler André Collin. C'est sans doute une précaution superflue car je suis bien sûr que ni les paysans des environs ni même les villageois qui sont à deux lieues de mon camp n'ont lu les trois petits livres d'André Chevrier. Le camp est planté au sommet d'une colline face au lac qui est entouré de montagnes. C'est une construction de bois rond qui compte un salon vitré, une salle à manger, une cuisine et trois chambres à coucher. Il n'a qu'un seul étage et on s'y éclaire à la lampe à pétrole.

Depuis une semaine que j'y suis, je me suis contenté de paresser. Je me laisse vivre. Ce n'est pas que je possède de grandes richesses matérielles mais enfin, j'ai de quoi subsister six mois, huit mois, peut-être davantage. Je ne veux pas m'en inquiéter.

J'explore les environs et j'en suis bien récompensé puisque je découvre des merveilles. Je suis parti hier, un havresac sur le dos. J'avais là-dedans mes trois repas de la journée, du papier et des allumettes pour faire du feu, des cigarettes en quantité et aussi un livre. Je ne suis pas un homme des bois, mais je risquais l'aventure. Je ne savais pas au juste où j'allais puisque je ne connais pas la région. J'aurais pu me renseigner auprès du paysan qui me ravitaille mais je préférais le plaisir de l'imprévu.

J'ai suivi le sentier qui s'enfonce dans la forêt, à l'arrière du camp. Je marchais d'un bon pas autant que la chose est possible dans un petit chemin accidenté et sans cesse obstrué par des branches ou du bois mort. C'est une forêt neuve où cependant subsistent encore quelques pins immenses qui doivent avoir plus de cent ans. L'épinette, le bouleau, le tremble et le sapin y abondent mais ce sont des arbres d'une trentaine d'années. J'imagine que cette région dut être la proie des flammes, il n'y a pas plus de trente-cinq ans.

J'ai marché une demi-heure avant de passer devant une cabane de bûcherons. Je me suis approché et j'ai vu que cette cabane était abandonnée. J'ai poussé la porte et suis entré.

Des hommes avaient vécu là, l'hiver précédent, ce qu'indiquait un calendrier resté au mur. Il y avait une chambre unique. Dans un coin, un lit avait été construit avec quelques arbres. Des planches prises je ne sais où servaient de sommier. Sur ces planches, de la paille était jetée en guise de matelas. Des hommes avaient dormi là. Abrutis de fatigue, ils avaient sombré dans le sommeil. S'étaient-ils ennuyés, eux, dans cette cabane ? Je m'assis sur le lit, je m'y étendis, posant la tête sur mon havresac qui me servit d'oreiller. Je fermai les yeux et crus que la pièce retentissait du rire de trois gaillards. Ceux qui avaient habité cet abri étaient vraiment des hommes. Je pensais à mes salonnards, à ceux que j'avais quittés, à leurs insipides conversations. Les hommes d'ici avaient un rude langage, des manières frustes. Ils ignoraient tout des convenances. C'est dans un salon, pendant un cocktail, qu'ils se seraient ennuyés ferme. Mais pas ici, bien sûr. Je les voyais abattant des arbres, les faisant tomber dans la neige, les débitant, les installant sur le vieux traîneau qu'ils avaient eux-mêmes fabriqué avec du bois rond et une hache. Cette cabane, ils l'avaient eux-mêmes érigée en moins d'un jour. Ils travaillaient vite. Et ils avaient aussi construit cette écurie, derrière, avec sa mangeoire rudimentaire mais bien faite. Là, ils avaient abrité leur cheval, la brave bête chargée de traîner les billots hors de la forêt, ces billots que des camions viendraient chercher tout l'été pour les transporter au plus proche moulin à scie. J'aurais voulu participer à la vie de ces bûcherons, mener la même vie qu'eux. Mes ancêtres étaient bûcherons à leurs heures. C'étaient des défricheurs, des hommes des bois, des hommes courageux, des hommes. Leur sang courait dans mes veines et réveillait en moi le désir d'être comme eux, pendant un temps, un homme de la forêt. Ce n'était pas parce que j'étais fatigué que je m'étais étendu là, sur ce grabat. C'était pour avoir l'illusion que cette cabane était mienne, que j'étais moi aussi un bûcheron, un homme. Quand je dis : « un homme », je n'admire pas uniquement la force brute. J'apprécie plus hautement encore le courage que la force, comme il se doit, le courage, l'énergie devant l'obstacle à vaincre. J'ai connu des êtres incapables de se soulever du lit où ils gisaient, malades, mais qui luttaient contre leur mal avec une force morale incroyable. C'étaient des hommes. Par contre, j'ai connu des forts-à-bras, des professeurs de culture physique qui n'avaient aucune énergie devant la vie et qui, au moindre revers, perdaient courage. Ceux-là n'étaient pas des hommes. Mes bûcherons sont des hommes parce qu'ils ne reculent pas devant la tâche à accomplir.

J'ai quitté les fantômes de mes bûcherons au moment où l'un d'eux allumait le feu dans un poêle improvisé : quelques briques placées sous un tuyau planté dans le toit. L'autre ouvrait une boîte de conserves et préparait le repas. Il chantait un air qui me poursuivit dans la forêt. Je repris le sentier et m'enfonçai plus avant. Il devenait brusquement plus abrupt, ce sentier. Où menait-il ? Je n'en savais rien. Je le suivais distraitement. Il serpentait d'une façon aussi vagabonde que ma pensée qui était devenue errante. Et cette forêt jeune, cette forêt encore vierge me fascinait. Elle me parlait de la jeunesse de tout le bruissement de ses feuilles. En l'écoutant, j'ai retrouvé mes jeunes années, mais embellies et exécutant une sorte de danse des sept voiles, derrière la gaze de ma mémoire.

Je suis revenu ici. Et ce soir, encore seul au camp, sous la lampe à pétrole et pendant que j'écris, j'écoute encore la forêt qui murmure à mon oreille des choses exquises. La forêt laurentienne me dit des choses simples. Trop simples peut-être. Elle me parle de l'essentiel. Elle me dit qu'il faut savoir explorer les mondes inconnus et, au besoin, s'inventer un monde à explorer. Elle me dit qu'il faut garder un peu de rêve au fond de son âme, mettre un peu de poésie dans sa vie si l'on veut être heureux.

Et ce soir, je me sens pleinement heureux, face au lac, face à la forêt, dans ce décor millénaire où se déroulent les destinées d'un peuple jeune.

Je suis seul et je veille. Mon papier et ma plume me tiennent compagnie.

LA FUITE DU MISANTHROPE

« J'aime les femmes, c'est ma folie ! » Un énergumène à voix d'eunuque s'époumone à débiter cette chanson. Ça me rassure : je l'aurais pris plutôt pour une tapette. Mais ça ne m'empêche pas de tourner le bouton de l'appareil pour lui fermer la gueule parce que, décidément, il chante trop mal.

C'est cela et tant d'autres choses que j'ai voulu pour un temps effacer, oublier, tout ce tintamarre à l'occidentale, vulgaire, cruel et irrévérencieux.

Mais, comme un abruti, je me suis fait suivre de cet appareil de radio parce que je craignais de m'ennuyer tout seul dans la forêt. J'entreprends une cure de silence et de solitude et j'apporte avec moi, dans une boîte, tous les échos de cette civilisation à laquelle j'essaye d'échapper. Hier soir, à mon arrivée ici, j'étais furieux parce que je ne parvenais pas à la mettre en marche, cette radio. Je m'étais trompé en faisant le raccordement des fils sur l'accumulateur et il m'était impossible de tirer un son de ce moulin à paroles et à musique. J'ai passé la soirée à tenter diverses expériences. Moi qui ne connais rien à la mécanique, j'ai découvert trente-six façons d'attacher ces fils. Je devenais ingénieux, mais ce déploiement d'ingéniosité s'avérait inutile. Et je sacrais contre le marchand qui m'avait refilé une mauvaise pile. Je me voyais déjà entreprenant une promenade de sept milles pour aller jusqu'au prochain village m'acheter une nouvelle batterie électrique. Mais, à force de chercher, j'ai trouvé où était le bobo et, vers onze heures, je fus ravi d'entendre un jeune homme à moitié endormi dire d'une voix grave : « CBF, Montréal ». Il prononçait « CB œuf » et ça m'a fait sourire. Je suis allé me coucher content.

Ce matin, j'ai pu apprécier l'aurore illuminant peu à peu la forêt de bouleaux à gauche de mon chalet et rosissant le lac.

J'ai fait un bref bilan : je ne suis pas encore tout à fait un sauvage : j'aime la musique, je m'intéresse à la peinture, et dans l'espoir de la mieux comprendre, il m'est arrivé de barbouiller quelques toiles. Si je parlais rarement littérature au moment où j'ai tout quitté pour venir ici, c'est que j'étais fatigué de discuter avec des gens spécialisés dans la lecture de *digests* et de fiches bibliographiques. Avec ça, ils pouvaient paraître avoir tout lu et se vantaient d'avoir assimilé la substance des œuvres du jour au sujet desquelles ils péroraient. Aujourd'hui, on met sur le marché de la culture concentrée. Ça s'ingurgite comme ces pilules contenant des millions de vitamines et qui, pour certains, remplacent le soleil, le bon air, les légumes et les fruits frais.

Ah ! ce que je me suis amusé aux dépens de ces êtres à culture concentrée ! Pour les mystifier, j'inventais des passages supposément tirés d'œuvres d'écrivains célèbres que je leur citais en leur demandant s'ils se souvenaient avoir lu ça. Et quand ils prétendaient s'en souvenir et se mettaient à louer ma prodigieuse mémoire, je leur avouais ma supercherie. C'était un peu méchant, je l'avoue, et un excellent moyen de me créer des ennemis. Car rien ne déplaît plus aux médiocres que la démonstration de leur stupidité. Ils sont si heureux sous leur gentille couche de crasse. Mais justement, je ne tiens pas à les avoir pour amis. Je ne veux même pas les connaître. Pendant mon tête-à-tête avec le soleil, je les ai oubliés, ces petits hommes.

Je voudrais bien pouvoir oublier aussi facilement les femmes. Ce zigue-là m'a tout de même tourneboulé les sens avec sa chanson. D'abord, ce mot de folie m'est apparu comme un mauvais présage, presque comme une insulte. Il aime les femmes, c'est sa folie, ce monsieur soprano. Et moi ? Est-ce que ce n'est pas un peu aussi ma folie ? Est-ce que ce n'est pas la folie de tous les hommes ? Je ne suis pas grand-chose, mais je suis un homme de la tête aux pieds, un mâle qui sent le mâle quand il sort de la baignoire de ce lac qui est au bas de la colline devant moi. Je m'y suis baigné tout nu trois fois, dans ce lac, aujourd'hui, pour chasser cette maudite odeur de mâle, mais je n'y parviens pas. Je suis bien bête d'ailleurs de me donner tant de peine, car selon certaines femmes que j'ai connues, ça ne sent pas mauvais, un mâle. Ça sent un peu le soleil, un peu la verdure humide, un peu le champignon et un peu l'eau de Javel. Certaines m'ont avoué qu'elles étaient parfois troublées en faisant leur lessive parce que l'odeur de l'eau de Javel leur rappelait le mâle. Qu'est-ce qu'on ne m'a pas avoué du reste ? Je n'ai pourtant ni une tête du confesseur, ni une hure de policier. Je ne suis ni médecin, ni coiffeur pour dames. Eh bien ! j'attire les confidences. C'est comme ça, je n'y peux rien. On m'écrit de très loin parfois pour me raconter sa petite histoire, ou plutôt on m'écrivait. Car ici, je compte échapper à la corvée de ces lectures. C'est bien une corvée puisque je suis incapable de donner des conseils. Or, quand on se confie, c'est généralement pour être conseillé, quitte à en faire ensuite à sa tête. Combien de fois mes pénitents sont restés éberlués devant mon « Et alors ? » qui suivait l'épanchement de leur cœur, l'aveu de leur misère ou de leurs tares. « Alors c'est tout ! » me répondaient-ils. « Eh bien ! c'est intéressant. »

Je me levais, ils quittaient mon cabinet de travail. Ils étaient vidés ; ils n'avaient plus d'utilité à mes yeux. Je ne suis pas un tendre. Mais ils sont tous restés mes amis, ceux-là, parce qu'ils croient que je n'ai pas écouté ce qu'ils m'ont raconté. Avec moi, ils sont du moins à l'abri des reproches et des remontrances.

Je me suis étalé une heure au soleil avant de remonter au chalet pour préparer mon déjeuner. Le mois de juin promet d'être très chaud. La nouvelle lune a apporté le beau temps. Au firmament, quelques petits nuages forment, en se réunissant, un réseau de montagnes blanches qui se superpose à la verdure printanière de la chaîne des Laurentides.

Le paysan qui habite à deux milles d'ici est venu me porter du lait, du beurre et du pain un peu rassis. Mais, me servant d'un vieux fer à repasser, j'écrase ce pain sur la surface brûlante du poêle et me fabrique ainsi des rôties excellentes. J'en dévore six à la file et ne bois qu'une tasse de café. Il y a bien longtemps que je n'ai connu ce régime. D'ordinaire, le matin, je mangeais à peine et buvais au moins trois tasses de café en lisant mon journal, en me renseignant sur les activités de mes frères, les hommes, en suivant leur danse frénétique vers la mort au son du tam-tam des canons ou des castagnettes des mitrailleuses. Le médecin m'a dit, lorsque je suis retourné le voir la semaine dernière : « Faites un voyage. Votre organisme est parfaitement sain, mais vos nerfs sont dans un état lamentable. » C'est un ami, ce médecin. Il me connaît bien. Alors, il a ajouté : « Il faut vous ressaisir. Si vous n'y prenez pas garde, je ne pourrai bientôt plus rien pour vous. Je devrai vous remettre entre les mains d'un psychiatre. » La voilà leur civilisation. Elle fabrique des fous. J'ai essayé de suivre le mouvement et j'ai failli y laisser ma raison.

J'ai longuement réfléchi à ce que m'avait dit le médecin. Je ne veux pas douter de l'excellence de son ordonnance, mais tout de même, il n'est pas dans ma peau. Je ne suis pas aussi certain que lui que c'est un voyage qu'il me faut. Voyager ? Mais qu'irais-je faire dans une autre ville, dans un autre pays ? Mener la vie d'hôtel, rencontrer d'autres névrosés, d'autres fous ? Merci bien. J'ai préféré la solitude. Et si elle me pèse trop, je pourrai avoir la compagnie d'hommes simples, de ces hommes qui ne donnent leur respect qu'à ceux qu'ils jugent dignes de porter le nom d'homme.

J'ai donc écrit à mon ami Marlowe et lui ai simplement expliqué que s'il n'y voyait pas d'objection, j'irais m'installer dans son camp des Laurentides. Marlowe, c'est un Américain qui a acheté tous les bords d'un lac de mon pays et qui s'est ainsi assuré un lieu idéal de retraite puisque personne ne peut avoir accès au lac sans sa permission. J'ai connu Marlowe, il y a cinq ans, lors d'un voyage à New York. Il m'avait demandé un article pour l'importante revue littéraire dont il était propriétaire. En causant avec lui, j'avais découvert qu'il était extraordinairement renseigné sur le Canada et particulièrement sur la littérature canadienne. « En somme, cet article, vous pourriez l'écrire vous-même », lui dis-je. Il sourit. « Je connais bien le Canada, me répondit-il, et surtout le Canada français. » Et c'est alors qu'il m'apprit qu'il venait chaque année à la chasse dans les Laurentides. Mon article ayant eu un certain retentissement, Marlowe, heureux du succès qu'avait obtenu son numéro entièrement consacré au Canada, voulut me revoir. Cette année-là, je lui rendis visite à chacun de mes voyages à New York. L'automne suivant, il me téléphonait de Montréal, où il était de passage. Je voulus l'inviter chez moi, mais c'est lui qui me pria de l'accompagner à la chasse. C'est ainsi que je découvris son camp. Quand Marlowe retourna aux États-Unis, nous étions devenus une paire d'amis.

Je n'ai pas tout dit à Marlowe, dans ma lettre. Je lui ai caché de quoi je suis menacé.

Je lui ai simplement fait savoir que j'aimerais aller passer quelques semaines seul à son chalet des Laurentides. Par retour du courrier, j'ai reçu sa réponse. Il ne me demandait pas d'explications. La clef du camp m'est arrivée bien emballée dans un petit paquet que les douaniers n'ont pas ouvert.

Marlowe est comme ça. Il doit être convaincu que j'ai une petite aventure. Il m'imagine ici en compagnie d'une beauté fatale... S'il savait la vérité... Mais la vérité, il n'a pas cherché à l'apprendre. Il s'est contenté de m'écrire que j'étais le bienvenu chez lui et de me prévenir qu'il séjournerait à son camp dès l'ouverture de la saison de la chasse, en septembre. Il ne voudrait pas me surprendre au lit avec ma belle du jour. Quel chic type, ce Fred Marlowe ! Il m'accorde quatre mois de tête-à-tête avec l'Élue. Le temps de me lasser de cette femme, pense-t-il. Mais l'Élue n'est pas là. Je suis seul et je m'en trouve bien.

Je me suis fait conduire ici de Montréal, en taxi. C'est une balade de soixante milles. Je ne voulais pas venir dans ma voiture. Je conduis trop mal depuis quelques mois, je risquais de me tuer. Or, je tiens encore à la vie. Et puis, si ma voiture était là, à côté, je serais peut-être tenté de repartir. Il faut que je reste. J'ai prévenu mon éditeur que je disparaissais. Il s'occupe en ce moment du lancement de mon quatrième bouquin qui paraîtra à l'automne. C'est peut-être déjà une œuvre posthume. Pourquoi ai-je écrit cette phrase, face au soleil, quand tout m'invite à vivre ?

C'est qu'il y a plus d'une façon de mourir sans rendre le dernier soupir. Dans quatre mois, je serai peut-être déjà mort comme est mort mon ami Aurélien Bresson. Son souvenir m'obsède et me poursuit jusqu'ici. Et je reste sidéré par les confidences que m'a faites Jacqueline. Jamais je n'oublierai l'histoire de cette femme-là.

LES PLUMES D'OIE

La lourde porte se referma avec un bruit sec. Mais l'homme, assis sur le lit, ne broncha pas. Il pouvait avoir quarante ans. Une tête embroussaillée, des cheveux déjà gris, des yeux d'un bleu pâle qui fixaient le mur. La jeune femme coquettement vêtue qui venait d'entrer dans la pièce s'approcha de lui et dit avec un doux sourire :

— Bonjour, Aurélien !

Alors seulement, il leva son regard vers elle.

— Ah ! c'est toi ! Tu es sûre qu'on ne t'a pas suivie jusqu'ici, Jacqueline ?

— Absolument sûre, mon chéri.

— Tu comprends. Je ne voudrais pas que d'autres découvrent le lieu de ma retraite.

— Rassure-toi. Personne ne m'a vue entrer, sauf évidemment...

Il lui coupa la parole :

— Ah ! celle-là, je n'ai pas à la redouter. Je peux compter sur elle. C'est la seule pour qui j'aie de la sympathie, ici.

Jacqueline se débarrassa de son manteau qu'elle jeta sur le lit.

— Tu vas bien ?

— Oui, et je suis content de te voir. Très content. Mais je ne t'ai pas encore embrassée.

Il était debout, s'avançait vers elle, l'enlaçait :

— Jacqueline, murmura-t-il tendrement, tu ne regretteras pas les sacrifices que tu t'imposes.

Elle rompit doucement l'étreinte :

— Je t'en prie, ne parlons pas de ça !

— Je veux que tu saches que je pense constamment à toi. C'est pour toi que je travaille, à l'écart du monde. Un jour, tu seras fière de moi. Tu crois encore en moi, n'est-ce pas ?

Elle fit « oui » de la tête, baissant les yeux pour qu'il ne voie pas ses larmes. C'était toujours ainsi, chaque fois qu'elle venait ! Jamais elle ne s'habituerait. Et combien de temps encore cela durerait-il ?

— J'ai tant besoin de cette confiance pour faire quelque chose de ma vie. On a eu si peu confiance en moi ! disait Aurélien.

— Moi, je n'ai jamais douté de ton talent.

— Je parle des autres, des envieux, de mes confrères qui sentaient confusément déjà que j'étais plus grand qu'eux. Ils le sentaient avant même que je vienne m'enfermer ici. Ah ! je leur réserve une fameuse surprise, Jacqueline ! Mais je suis là qui bavarde, sans m'occuper de toi. Je suis si distrait ! Pourtant, j'avais hâte que tu arrives. J'ai tant de choses à te dire...

Il l'embrassait dans le cou, la serrait sur son cœur. Enfin, il la tint au bout de ses bras, l'admira :

— Comme tu es belle, Jacqueline. Et quelle jolie robe tu as ! Elle est neuve ?

— Non, je l'avais la dernière fois...

— Ah ! je n'avais pas remarqué.

— Pourtant, tu m'as complimentée sur mon bon goût.

— Je ne m'en souviens pas, fit-il, étonné. C'est drôle, il y a des jours où j'ai l'impression... Je travaille trop, sans doute.

Il s'empara de la serviette que Jacqueline avait posée sur une chaise.

— Tu m'as apporté du papier ? Beaucoup de papier ?

— Mais oui. Tiens, tout ça.

Elle mit sur la commode une rame de papier.

— Je me demande si j'en aurai assez, dit Aurélien. J'écris beaucoup et de plus en plus vite. Enfin, si j'en manque, j'en demanderai ici. Tu rembourseras quand tu reviendras, la semaine prochaine.

D'un geste brusque, il ouvrit la serviette.

— Oh ! que tu es gentille !... tu m'as acheté des plumes... des plumes d'oie !

— Et ce n'est pas tout. Regarde !

Elle étala sur le lit une série de gravures.

— Quoi ? Ah ! les portraits. Non, ne me les nomme pas. Je reconnais ces visages... Voici Dante, voici Goethe. Voilà Cervantes. Et puis Racine, Corneille, Stendhal, Victor Hugo et...

Il resta en arrêt :

— Oh ! ma chérie, quelle merveilleuse photo de Balzac ! Balzac, notre père à tous, nous, les romanciers. Je l'installerai à la place d'honneur, là, sur ma petite table de travail. Je l'aurai sans cesse devant moi pour m'inspirer.

— Alors, tu es heureux ?

— Comment ! mais tu vois bien que je pleure presque de joie ! Mon bureau va être tout transformé par la présence de ces grands ancêtres. Dis, la prochaine fois, tu m'apporteras des cadres. De jolis cadres. C'est déjà fort encombré ici, mais je trouverai bien une place pour ces écrivains qui ne peuvent pas m'en vouloir, eux, parce qu'ils sont morts...

Il eut un petit rire guttural. Ce rire ! Combien de fois Jacqueline l'avait entendu sans en comprendre la signification. Maintenant, elle comprenait.

— À propos, que dit-on de moi dans les journaux, ces temps-ci ?

Elle hésita :

— Il n'est rien paru à ton sujet...

Le même petit rire le secoua.

— On continue la conspiration du silence ! Bah ! c'est parfait. Au fond, tu sais, j'aime mieux ça.

Jacqueline aurait voulu parler, prendre dans ses mains la belle tête d'Aurélien, couvrir de baisers ce visage resté si jeune malgré les cheveux gris. Elle ne put que murmurer :

— Mon chéri...

— Je voudrais qu'on m'oublie, continuait Aurélien. Ma résurrection aura l'effet de la foudre par un jour de grand soleil. Qu'on s'imagine que je suis vidé...

— Aurélien...

Il marchait de long en large dans la pièce exiguë, s'arrêtant de temps à autre devant Jacqueline.

— Qu'on soit convaincu que je suis un homme fini. C'est à ce moment-là que je frapperai le grand coup qui laissera tout le monde abasourdi. Jamais, depuis Balzac, depuis ce cher homme dont le portrait est là, jamais l'univers n'aura assisté à la gestation d'une œuvre aussi colossale. Tu verras, on devra se rendre à l'évidence et admettre que je suis le plus grand des écrivains, le premier de tous.

De ses immenses bras, il traçait dans l'air d'amples gestes qui ponctuaient ses phrases.

— Le génie littéraire de ce siècle, voilà ce que je serai ! J'ai ici même la preuve de ce que j'avance. Aujourd'hui, Jacqueline, je vais enfin te montrer mes œuvres, t'en lire des extraits, développer brièvement devant toi le plan qui régira ces cinquante volumes, dont trente-cinq sont déjà écrits. Tu sais, n'est-ce pas, que mon trente-cinquième tome est prêt ?

— Oui, mon chéri... Oui, déjà, la semaine dernière, tu me disais qu'il ne te restait plus qu'un chapitre à écrire pour le terminer.

Il se planta devant elle et d'un air triomphant :

— Eh bien ! je l'ai écrit et j'ai passé le reste de la semaine à revoir ce livre. J'entamerai le trente-sixième volume demain, ou peut-être même tout à l'heure après ton départ. Mais d'abord, je veux régler une question très importante. Je crois qu'il est temps que tu commences à taper à la machine mes premiers manuscrits. J'ai sur toi une avance de plus de dix mille pages et au rythme où je travaille, j'aurai mis au point encore huit livres quand tu achèveras, toi, de dactylographier mes trente-cinq premières œuvres. Tu vois, j'ai tout calculé, je ne laisse rien au hasard.

Ces chiffres ! Toujours ces chiffres, ces calculs, cette mathématique ! Lui qui n'aimait pas les chiffres ! Elle soupira.

— Je vois, Aurélien.

— Quand tu porteras mon premier livre chez l'éditeur, il ne me restera plus que sept bouquins à écrire pour mener à son terme ma gigantesque entreprise. Mais tu vas me promettre, Jacqueline, de faire toi-même ce travail de dactylographie. Je veux que mon secret soit bien gardé. Confier cette besogne à un secrétaire, c'est risquer qu'il aille tout raconter de mes projets à un de mes confrères. Courir ce risque ? Je n'en ai pas le droit ! Ce ne serait pas la peine d'avoir consenti à passer pendant si longtemps pour une imagination tarie, si mon secret doit être dévoilé avant le moment précis choisi par moi. L'effet de surprise est capital. Tu es bien d'accord avec moi, là-dessus, n'est-ce pas ?

— Sois tranquille, Aurélien. Je transcrirai moi-même tes œuvres à la machine.

Il lui sourit. C'est ce sourire qui avait séduit Jacqueline quand elle l'avait connu. Maintenant, il souriait rarement. Déjà le visage d'Aurélien redevenait grave.

— Je ne puis compter que sur toi. C'est qu'il n'y a pas de pire jalousie que celle des hommes de lettres. Cela, je l'ai compris le jour où j'ai fait paraître mes premiers poèmes. Tu t'en souviens ?

Si elle s'en souvenait ! Tous les espoirs chantaient dans son cœur quand il lui avait rapporté cette revue fraîchement sortie des presses, sentant encore l'encre et le plomb, cette revue contenant cinq petits chefs-d'œuvre signés Aurélien Chadillon.

— Ce jour-là, j'ai commis une bourde, Jacqueline. J'ai révélé à ceux pour qui je n'avais été jusque-là qu'un confident, un admirateur, un thuriféraire, que j'avais moi aussi des aspirations littéraires, que je pouvais devenir comme eux écrivain. Dans les critiques que ces petits poèmes ont suscitées passait un souffle de haine. Alors, j'en ai pris mon parti. J'ai décidé de ne plus rien publier, de supporter de rester obscur, inconnu pendant des années.

Il s'agitait de plus en plus et ses yeux, où Jacqueline avait jadis pu lire tant d'amour, apercevoir tant de rêves, ses yeux avaient maintenant une fixité cruelle. Jacqueline voulut le calmer :

— Ne pense plus à ces choses...

— N'y plus penser ? Cela m'est impossible. Au contraire, je ne pense qu'à ça. Tous les écrivains prétendent n'écrire que pour eux-mêmes. Mais, Jacqueline, prive-les du plaisir d'être lus, tu réduiras du même coup de la moitié le nombre des littérateurs. Et tu verras les déserteurs embrasser une autre profession plus lucrative. Disons en toute justice que chaque auteur croit apporter au monde un grand message. Pour que ce message ait un sens, il faut qu'il s'adresse à l'humanité, il faut qu'il soit lu. C'est à ça que je réfléchissais au moment où tu es arrivée.

Faire dévier la conversation. Voilà ce qu'il fallait. Tâcher d'éviter ce douloureux sujet.

— Je te trouve un peu pâle. As-tu fait ta petite promenade tous les jours ?

— Non, j'ai trop de travail. J'ai renoncé à ma promenade quotidienne.

— Tu ne devrais pas. Cela te détendait les nerfs, te reposait.

Il devenait plus remuant et piquait de brefs regards vers Jacqueline.

— Jusqu'à ces derniers temps, oui, mais plus maintenant. Je ne rencontre que des gens qui me mettent hors de moi ! Des imbéciles, des abrutis, des idiots ! Tiens, lundi dernier, en causant avec un de ceux-là qui s'obstinait à s'entretenir avec moi, je me suis mis en colère et j'ai sauté sur lui. Heureusement, on est venu nous séparer : je l'aurais tué ! On ne t'a pas raconté cet incident ?

— Non.

Jacqueline mentait. Bien sûr qu'on lui avait tout dit. On l'avait mise en garde. Mais pourquoi faire de la peine à Aurélien ?

— Tant mieux si on ne te raconte pas tout !

L'amener doucement à oublier cette scène. Mais alors, de quoi lui parler ? De ce qu'il appelait son travail, sans doute. De telle façon, cependant, qu'il ne songeât pas à l'œuvre des autres.

— Tu me parlais de tes livres.

— Ah ! oui. Attends, ne bouge pas. Ou plutôt, tourne-toi.

— Pourquoi ?

— Je ne veux pas que tu saches où sont cachés mes manuscrits. Je dois me méfier de tout le monde.

Cette parole fit mal à Jacqueline. Jamais elle ne s'habituerait à l'entendre lui parler ainsi. Elle ne put se retenir de lui dire :

— Même de moi ?

— Non, il ne faut pas que je t'assimile aux autres. Il y a deux personnes en qui j'ai confiance : toi et celle qui t'accompagnait tout à l'heure. Deux femmes qui peuvent me comprendre. Mais, même à vous deux, je ne veux pas révéler ma cachette. Alors, reste tournée vers le mur.

Se sentir ridicule, ce n'était rien. Il fallait jouer le jeu. Tout était admissible pourvu qu'Aurélien ne soit pas plus malheureux. Elle fit ce qu'il demandait, et l'entendit déplacer la commode en lui disant :

— Ça ne sera pas long. Tous ces manuscrits sont ficelés, puis attachés ensemble par cycles de sept livres. Je remets un meuble en place et le tour est joué. Tu n'as rien vu, tu ne sais rien. Voilà.

Il parlait de cycles maintenant. Elle se souvenait de ce jour où il s'était mis à compiler des chiffres, où pour la première fois, elle avait eu le pressentiment de ce qui l'attendait. Il posa sur le lit cinq colis ficelés.

— Ça, c'est précieux, Jacqueline !

— Je le sais, mon chéri.

Il tenait contre sa poitrine un des colis ; il paraissait le caresser.

— Garde-les bien, ces manuscrits. Mets-les dans un endroit sûr quand tu auras fini de les transcrire.

— Je te le promets.

— Après ma mort, ils vaudront une fortune.

Après sa mort ! Voilà une chose à laquelle Jacqueline s'interdisait de penser. Quand les autres lui disaient : « S'il était mort... », elle leur coupait sèchement la parole. Qu'Aurélien parle de mourir, elle ne le supportait pas.

— Tous les collectionneurs s'arracheront ces pages écrites de ma main. Tu crois cela, n'est-ce pas, Jacqueline ? Dis-moi, répète-moi que tu le crois...

— Mais oui, je le crois, Aurélien, je le crois.

Ce credo, elle le prononçait avec ferveur, comme elle eût récité celui s'adressant à l'Être suprême.

— Te rends-tu compte que nous vivons une heure inoubliable, extraordinaire ? Je vais... oui, je veux te lire moi-même les premières pages de mon roman.

Jacqueline remarqua qu'il tremblait. Elle protesta gentiment :

— Tu ne devrais pas t'agiter comme ça. Si tu le veux, nous pouvons remettre à ma prochaine visite...

Il l'interrompit.

— Comment ! N'avons-nous pas assez attendu, patienté, tous les deux ? C'est aujourd'hui que tu connaîtras vraiment l'homme que je suis. Vois comme nous sommes riches, ma chérie... Ces pages représentent un labeur gigantesque, un effort presque surhumain. Mais ce labeur, cet effort auront leur récompense. En plus de posséder la gloire, nous aurons la fortune !

Était-ce donc là tout ce qu'il avait cherché ? La gloire ? La fortune ? Pourtant, Jacqueline se souvenait d'une époque où ces grands mots étaient bien indifférents à Aurélien. Il fit sauter une ficelle.

— Chacun des cycles de mon œuvre comprend sept livres, expliquait-il. Je crois à la vertu des chiffres, et le chiffre sept me porte chance, à moi. Sept cycles de sept livres, avec un dernier bouquin comme épilogue. Le compte y est : cinquante volumes. Voyons maintenant le premier.

À plusieurs reprises, Jacqueline avait réussi à retarder ce pénible moment. Le pourrait-elle encore ? Elle dit timidement :

— Tu ne préfères pas que je l'emporte à la maison et que là, dans le calme...

Il trancha la question :

— Non, je veux être témoin de tes réactions devant mon œuvre. Tiens, ici, sur la première feuille, en exergue, le titre général de mon roman-fleuve : *Les fils des ténèbres*. Dessous, le titre du premier volume : *L'amertume du soir*. Ils te plaisent, ces titres ?

— Certainement.

Il épiait Jacqueline. Il guettait la joie ou le déplaisir qui se peindrait sur son visage.

— Tu n'es pas déçue... Si tes yeux brillent, ce n'est pas comme j'ai pu le croire un instant, tout à l'heure, parce que tu as peur...

— Mais pourquoi aurais-je peur, Aurélien ?

Il dit d'un ton triste et las :

— Il y a des gens qui ont peur de moi. Mais toi, tu n'as pas peur, hein, Jacqueline ?

— Mais non.

Il lui sourit avec tendresse.

— Ah ! qu'est-ce donc que tu éprouveras quand tu reconnaîtras en moi un créateur capable d'insuffler la vie à des centaines, à des milliers d'êtres ! Déjà tu m'aimes, Jacqueline, mais je te le dis, en vérité, je serai bientôt ton dieu ! En cet instant qui précède celui où tu auras la révélation de mon génie, laisse-moi être encore une fois uniquement un homme, t'embrasser, te combler de ces caresses dont je t'ai privée pour vaquer à ma grande mission. Laisse-moi redevenir ton mari !

De nouveau, il la prit dans ses bras. Elle ne lui résista pas. Il lui murmurait à l'oreille :

— Je t'aime, Jacqueline. Je t'aime ! C'est à toi que j'ai dédié mon œuvre. Avec moi, tu passeras à la postérité. Avec moi, tu deviendras immortelle et le monde te sera reconnaissant d'avoir été mon inspiration. Nous avons connu un amour incomparable. Ah ! il m'arrive de regretter le temps où nous vivions ensemble. Oui, je songe parfois au jour où je pourrai retourner auprès de toi.

Une telle angoisse passait dans sa voix que Jacqueline en fut bouleversée. Elle se blottit contre lui et se laissa longuement embrasser. Ils restèrent ainsi un moment enlacés, comme aux premiers jours de leur bonheur. Jacqueline avait fermé les yeux. Elle pouvait se croire chez eux, avec Aurélien. Aurélien, toujours si gai, si plein d'entrain et qui lui promettait d'aller un soir décrocher la lune avec ses dents pour la lui offrir en guise de lampe de chevet. Elle rêve dans ses bras... le temps fait machine arrière. Le film de sa vie se dévide à l'envers, prêtant aux personnages une allure fantasmagorique, des gestes irréels. Aurélien l'appelle sa « Vénus aux yeux de braise ». Il enfouit sa tête dans l'ébène de sa chevelure, il lui mordille l'oreille. Il énonce des projets. Ils feront le tour du monde. Ils iront au sommet de l'Himâlaya pour crier de plus près au ciel leur incommensurable amour. Le rire d'Aurélien : son bon rire franc. Et cette constante rêverie qui recouvre, comme d'une gaze aérienne, l'azur de ses yeux. Nuages diaphanes d'un inaccessible firmament où l'éclair du regard d'Aurélien illumine toute l'existence de Jacqueline. Aurélien ! Il réchauffe ce corps de Jacqueline, il réchauffe son cœur comme un bienfaisant soleil. Mais il n'y a plus de soleil, il n'y a plus de chaleur pour les jours torrides, car ce soleil qu'était Aurélien a éteint ses feux. Aurélien n'existe plus. Il parle, il marche, il vit, mais il est mort tout de même. Le film se déroule de nouveau à l'endroit, bien encoché, bien en place, défilant à toute vitesse, rejetant à grandes brassées les images du passé auxquelles Jacqueline voudrait s'attarder. Elle ouvre les yeux, Jacqueline, au moment où Aurélien s'éloigne d'elle, brusquement. Il parle. L'entend-elle ? Que marmonne cette bouche morte ?

— Non, je n'ai pas encore gagné de retourner vivre près de toi, Jacqueline, parce que mon œuvre n'est pas finie.

Son œuvre ! Qu'est-ce donc, son œuvre ? C'est l'ennemie, c'est l'autre, celle qui lui a volé son Aurélien. C'est celle dont il se préoccupait sans cesse, parfois même pendant les heures d'amour, celle qu'il avait hâte de retrouver et de reprendre. Son œuvre, c'est une impitoyable maîtresse qui, en se dérobant, en fuyant, n'a laissé de cet homme que la carcasse bougeante, mais quand même inanimée. Il allait en parler encore de son œuvre qui leur avait fait à tous deux tant de mal. Il prit un paquet de feuilles sur le lit et alla s'asseoir sur la petite chaise, en face de Jacqueline. Il éleva la voix :

— Chapitre premier : *Crépuscule*.

Il passa à la page suivante. Puis, il y eut un silence qui se prolongea interminablement. Jacqueline approcha son visage de celui d'Aurélien :

— Qu'est-ce que tu attends ?

Il la fixait, incertain :

— Il n'y a qu'un chiffre, sur cette feuille. Le chiffre un...

— Mais sur les autres ?

Il tourna rapidement plusieurs pages.

— Seulement le chiffre deux, puis le chiffre trois, ainsi de suite. Je ne comprends pas ! J'ai dû, par mégarde, attacher ces feuilles ensemble, croyant qu'il s'agissait de mon premier manuscrit, parce que sur la première feuille, j'en avais inscrit le titre. Page cent, pas un mot. Page cent vingt-quatre, une feuille blanche. Page cent soixante-quinze, deux cent cinquante, des feuilles vierges, également. Page trois cent dix, un mot : « Fin ». Jacqueline, qu'est-ce que ça signifie ?

Son front se couvrait de sueur, ses lèvres tremblaient.

— Ne t'énerve pas comme ça, mon chéri, tu as dû cacher ton manuscrit quelque part, ici. Tu vas le retrouver.

Il se leva.

— Tu m'aideras à le chercher, n'est-ce pas ?

— Oui, mais d'abord, calme-toi.

— C'est tout de suite que tu dois m'aider ! Vite ! Faisons le tour de la pièce, Jacqueline.

— Veux-tu que j'appelle ?

— Non, il ne faut pas qu'on sache ce que je fais ici. Regarde sous le lit. Il est là, peut-être ? Tu le vois, mon manuscrit ? Dis, tu le vois, Jacqueline ?

Elle s'était penchée.

— Il n'y a rien.

— Rien ? Attends. En repoussant le lit, nous verrons mieux.

D'un geste rapide, il déplaça la couchette de fer émaillée de blanc.

— C'est inutile, mon chéri, il n'y a rien là-dessous.

— Eh bien ! alors, derrière cette commode...

Il repoussait le meuble, en ouvrait les tiroirs pendant que Jacqueline, impuissante à secourir son mari, le regardait tristement.

— Cherche avec moi, Jacqueline.

Elle souleva une pile de livres entassés dans un coin de la pièce.

— Je cherche, mon chéri.

— Et tu ne vois rien, de ton côté ?

— Rien.

Soudain, Aurélien se mit à rire et revint vers elle :

— Mais je suis bête ! j'ai dû tout simplement emballer mon premier manuscrit avec les autres qui sont là.

Jacqueline s'empara d'un paquet ficelé.

— Voici le tome deux, dit-elle.

— Lis !

Elle lut :

— *Les fils des ténèbres*. Tome deux. *Le jardin de l'amour*.

— Oui, c'est bien ça. *Le jardin de l'amour*. Allons, arrache la ficelle. Regarde si, sous la première feuille, je n'aurais pas placé, par erreur, le manuscrit du premier tome. Moi, je continue à chercher.

Il s'était éloigné. Jacqueline fit sauter la ficelle.

— Qu'est-il écrit sur la première page ? demanda Aurélien.

— Ce n'est pas le tome premier, lui répondit-elle d'une voix changée.

— Comment peux-tu le savoir ? Tu ne le connais pas le tome premier ! Vite lis-moi ce qui est écrit.

Elle se taisait.

— Quoi ? Qu'y a-t-il ? Passe-moi ce manuscrit.

Elle hésitait encore. Alors, il s'approcha :

— Donne !

Jacqueline lui tendit le paquet de feuilles qu'il parcourut fébrilement.

— Comment ? Mais ce sont les pages blanches de tout à l'heure...

— Non.

Il ne saisissait pas.

— Qu'est-ce que tu as fait du tome deux ? demanda-t-il vivement.

Soupçonneux, il ajouta :

— Tu l'as caché pendant que je tournais le dos ?

— Je ne l'ai pas caché !

Il se fâcha.

— Tu m'as dérobé ce manuscrit. Où l'as-tu mis ?

Elle cherchait à l'apaiser. Elle aurait voulu fuir. Elle avait promis de sortir de la pièce, d'appeler si son mari...

— Aurélien, tu sais bien... tu étais là. Je n'ai pu rien cacher. J'ai pris ces feuilles qui, comme les autres, ne portent que des chiffres.

Il bondit :

— Tu mens ! Rends-moi mon manuscrit. Rends-le-moi !

Il s'était précipité vers elle, lui serrait les poignets. Elle prévint, tout bas :

— Aurélien, tu me fais mal !

Aurélien ne l'écoutait plus. D'une voix haletante, dans un chuchotement rauque, il répétait :

— Je te dis de me rendre mon manuscrit.

Aurélien avait porté ses mains au cou de Jacqueline qui ne fit pas un geste pour se défendre. Est-ce ainsi que tout allait finir ? Elle ne souffrirait plus. Elle partirait avant lui. Demain, il ne se souviendrait de rien. Elle n'avait qu'à le laisser serrer un peu plus ce cou qu'il avait tant de fois amoureusement caressé. Mais non ! cela, elle ne devait pas le permettre. Elle articula faiblement :

— Tu m'étrangles ! Laisse-moi !

Les yeux exorbités, il baissa vivement ses mains, les rejeta derrière son dos. L'hideuse scène n'avait duré qu'un moment. Aurélien redevenait tendre et doux. Elle ne lui en voulait pas. Elle reprenait elle-même lentement conscience des choses. En sortant, elle nouerait son écharpe autour de sa gorge pour qu'on ne voie pas l'empreinte des doigts d'Aurélien. Il lui murmurait à l'oreille :

— Jacqueline, ma petite Jacqueline, mon amour... pardonne-moi !

Elle se tint près de la porte, prête à se dérober s'il faisait mine de s'attaquer de nouveau à elle. Car elle avait compris qu'il avait encore besoin d'elle, malgré tout. Lui, ne la regardait plus.

— Il faut que je retrouve ces deux manuscrits. Est-il possible que j'aie commis deux fois la même erreur ? Voyons, nous allons découvrir ces pages parmi les autres ! Déficelons tout ça, Jacqueline. Voici le tome trois : *Le beau voyage.*

Il souleva la première page et resta consterné.

— Encore des feuilles blanches. Des feuilles où seulement la pagination est inscrite.

Il prit un autre paquet de feuilles.

— Tome quatre : *Les raisins verts.* Qu'est-ce que ça veut dire ? Toutes ces pages où il n'y a rien...

Elle ne s'habituerait jamais à le voir se torturer ainsi. Ah ! pouvoir le dorloter, cet homme-enfant, lui chanter une berceuse et endormir son chagrin ! Il s'était assis sur le lit et regardait d'un air suppliant Jacqueline qui s'était rapprochée de lui. D'une main câline, elle repoussa une mèche des cheveux gris retombée sur le front d'Aurélien.

— Mon chéri, pourquoi t'acharner ? lui dit-elle avec douceur.

— Pourquoi ? Mais tu ne vois donc pas que mes ennemis se sont introduits ici ? Ils sont venus me voler mon œuvre. Ils ne m'ont laissé que les titres de mes livres, et ils ont substitué aux pages que j'avais écrites des feuilles où il n'y a qu'un chiffre. Ah ! les salauds ! les salauds ! Vite, défais les autres paquets, Jacqueline, que je connaisse la portée des dommages qu'ils m'ont infligés, la mesure de leur envie, de leur haine. Dépêche-toi, Jacqueline ! Dépêche-toi !

Elle le préparait à la déception :

— Aurélien, il ne faut pas que tu sois bouleversé si nous découvrons...

Mais lui ne l'entendait même pas.

— Jacqueline, dis-moi que quelque chose est inscrit sur ces autres feuilles.

Il fondit en larmes.

— Dis-le-moi, Jacqueline. Je t'en supplie, dis-le-moi !

— Il ne faut pas pleurer, Aurélien. Tu les retrouveras, tes manuscrits.

— Je les retrouverai ? Mais où ? Ils ne sont plus ici. Vois donc ? Tome quinze : *Les joies de l'enfance.* Et des pages blanches... Tome vingt-deux : *Les grandes existences.* Et encore toujours des pages blanches.

Il farfouillait dans le tas de feuilles.

— Des pages blanches, sauf la page trois cent dix. Toutes ces pages trois cent dix qui portent le mot : « Fin ».

Brusquement, il fut pris d'un rire incontrôlable. Puis, lançant les feuilles en l'air, il se mit à chantonner tout bas.

— Des pages blanches, des pages blanches. Une pluie de pages blanches. Une avalanche de pages vierges ! Un monceau de pages nues ! Toutes nues !

Il enfouit sa tête dans ses mains et fut secoué de sanglots.

— Malgré toutes les précautions que j'ai prises, j'ai été trahi. Quelqu'un est allé révéler que depuis des années, je travaille à une œuvre unique, magistrale ! Alors, alors, ils n'ont pas voulu qu'elle voie le jour ! Ils connaissent mes poèmes. Ils ont jugé de mon talent. Que mon génie se manifeste au monde ? Il fallait empêcher ça ! Ils ont envoyé ici un être sans conscience qui m'a dérobé le fruit de tant d'années de travail. Car enfin, Jacqueline, je n'ai pas cessé d'écrire depuis que je suis ici. Je n'ai pas rêvé que je me levais même la nuit pour couvrir des pages et des pages de mon écriture. Toutes ces plumes d'oie que tu m'apportais, je les ai utilisées.

Il alla vers la commode, ouvrit un tiroir :

— Regarde, elles sont là. Et elles ont été trempées dans l'encre. Elles ont servi, ces plumes ! J'ai été trahi, Jacqueline ! Et par qui ? Par qui ?

Il revint vers sa femme.

— Par toi, peut-être ?

— Aurélien !

— Toi seule savais. Toi seule as pu me trahir ! Toi que j'aime, tu m'as trahi ? Toi que je voulais rendre immortelle, tu m'as trahi ? Ah ! quel mal tu m'as fait !

Il poussait Jacqueline vers la porte :

— Va-t'en ! Va-t'en ! Je ne veux plus te voir. Je recommencerai tout. Je l'écrirai mon roman-fleuve ! Mais va-t'en !

Elle reprit son manteau :

— Je m'en vais, Aurélien.

Mais déjà, il ne s'occupait plus d'elle. Il était retourné vers le lit.

— Tome trente : *Rémission*. Des pages blanches ! Tome trente-cinq : *Aux pieds de l'idole*.

Il ricanait :

— Encore des pages blanches. Encore, encore et encore !

Jacqueline avait repoussé l'épaisse porte percée d'un guichet grillagé qu'elle ouvrit. Elle pouvait voir Aurélien qui s'affairait, en murmurant :

— Mon œuvre... Où est mon œuvre ?

Il s'installait sur une chaise devant une petite table, prenait dans la serviette une plume. Mais il releva la tête et s'aperçut que le judas était ouvert. Il s'approcha et, regardant sa femme à travers le grillage, lui dit :

— Ah ! je te hais, Jacqueline ! Je te hais !

Il alla se rasseoir devant la table et se mit à tracer des chiffres sur une feuille. Silencieusement, le guichet fut clos, la porte fermée à clef par une religieuse qui regardait avec compassion Jacqueline dont le visage était baigné de larmes.

— Moi, je l'aime toujours, dit la jeune femme.

Elle esquissa un sourire :

— Veillez bien sur lui, ma sœur. Je reviendrai la semaine prochaine lui porter du papier et des plumes. Des plumes d'oie.

Puis Jacqueline retourna à sa solitude.

DESTIN

À Montréal, le train venait d'entrer en gare, arrivant de Winnipeg. Les passagers étaient descendus les uns après les autres. Sur les quais, ils avaient reconnu leurs valises, les porteurs allaient et venaient affairés. À travers les compartiments, un grand Noir rangeait déjà le désordre des bancs transformés en couchettes. Le chef de train, qui traversait le couloir sur lequel donnaient les chambrettes de luxe, fut étonné de trouver une des portes encore close. Il voulut l'ouvrir et comme elle résistait...

— Il y a quelqu'un ? Répondez... Il y a quelqu'un ? Encore un qui ne se sera pas réveillé.

* * *

— Comme il n'y avait pas de réponse, j'ai été voir par le quai, en montant sur l'escabeau. Le store était baissé. Il n'y avait moyen de rien voir. Alors, je me suis servi de mon passe-partout, j'ai ouvert et je l'ai trouvée là, sur le lit.

— Vous n'avez touché à rien ?

— À rien. Je suis ressorti, j'ai refermé la porte à clef et j'ai été prévenir. On vous a appelé tout de suite.

— Armand, emporte les valises. J'ai ses papiers. Ils étaient tous dans son sac. Nous allons laisser travailler le service anthropométrique. Le service de la morgue attend à l'extérieur. Voulez-vous me suivre ? J'aurai encore à vous parler.

— Certainement.

* * *

— Elle était montée à Winnipeg. Tout de suite, elle est entrée dans sa chambre, elle a sonné une fois pour avoir des sandwichs, une tasse de café qui lui ont été apportés. Et puis, je n'en ai plus entendu parler pour le reste du voyage.

— Elle n'est pas sortie de sa chambre une seule fois ?

— Je ne le pense pas. En tout cas, moi, je ne l'ai pas aperçue une seule fois dans les wagons.

— Ce qui va tout compliquer, c'est qu'il est impossible d'interroger immédiatement le personnel du train, n'est-ce pas ?

— Je me suis déjà renseigné. Au wagon-restaurant, tout le monde est déjà descendu. Je sais où vous pouvez atteindre certains employés, j'ai préparé une liste...

— Merci, Manseau. Tu vas convoquer ces gens-là, au besoin aller les interroger chez eux. Prends Moulin avec toi.

— Entendu.

— Vous pensez si je m'étais douté d'une chose pareille, j'aurais...

— Mais oui, mais oui, bien sûr. Quand vous avez découvert la chose, il ne restait plus aucun passager dans le train ?

— Non, personne, sauf des employés.

— Bon, reste à savoir si quelqu'un a vu entrer dans la chambrette de cette femme la personne qui a fait ce coup-là.

— C'est un... un meurtre, n'est-ce pas ?

— Évidemment. Vous ne vous figurez pas qu'elle a pu ellemême ?... Non, c'est un meurtre. Et il ne sera pas facile à éclaircir... Enfin, procurez-moi toujours la liste des passagers qui avaient retenu des compartiments à Winnipeg. Mais il est plus probable que le coup a été fait par quelqu'un qui est monté dans le train sans se faire reconnaître et qui en est descendu aussitôt son meurtre accompli....

* * *

— Oui, docteur, j'écoute... Cette jeune femme aurait donc été assassinée environ trois heures après sa montée dans le train... Oui, on m'a dit qu'elle avait soupé au wagon-restaurant. Le repas n'était pas digéré ? Et la mort est bien due à la strangulation ? Bon, merci. S'il y a d'autres détails, vous me les communiquerez.

— Alors, mon vieux, tu as téléphoné à Winnipeg ?

— Oui, chef. Elle était gouvernante là-bas, à l'adresse que nous avons trouvée. Sous le nom de Marthe Charlier, elle était à l'emploi d'une famille anglaise. Elle enseignait le français aux enfants.

— Et ces gens-là s'appellent ?

— Sheridan.

— Quelles références donnent-ils au sujet de Marthe Charlier ?

— J'ai parlé à Mme Sheridan... Elle donne des références excellentes.

— Pourquoi Marthe Charlier venait-elle à Montréal ?

— Sa patronne ne le sait pas exactement. Elle a semblé hésiter avant de me répondre, quand je le lui ai demandé.

— Mais Marthe Charlier faisait-elle seulement un voyage ou avait-elle quitté son emploi ?

— Elle avait quitté d'elle-même son emploi. Mme Sheridan a assuré que Marthe Charlier l'avait laissée en très bons termes et qu'il était entendu qu'elles se reverraient quand Mme Sheridan viendrait à Montréal. Il semble que la famille Sheridan l'avait en grande estime.

— Bon, eh bien ! l'affaire reste quand même l'une des plus embrouillées de ma carrière. La police de Londres n'a encore donné aucune réponse au sujet du nom et de l'adresse trouvés également dans les papiers de la victime ?

— Non, pas encore, mais j'attends un appel de Scotland Yard d'une minute à l'autre.

— Évidemment, pour ce qui est du nom polonais et de l'adresse en Pologne, nous n'aurons pas facilement de détails à ce sujet... à cause des circonstances politiques. Cependant, les trois photos identiques de l'assassinée affichées sur les trois cartes d'identité différentes prouvent facilement que la comtesse d'Oski, Marthe Charlier et Jane Parks ne faisaient qu'une même personne et que cette personne était pour le moins une aventurière.

— Oui.

— Peut-être que si nous essayions de trouver à qui appartenaient toutes ces médailles militaires qui étaient dans une de ses valises, nous trouverions d'un coup l'identité de celui qui l'a poursuivie jusque dans le train pour l'étrangler.

— Des médailles militaires, il y en a de tous les pays dans ses affaires... à croire qu'elle les collectionnait...

— C'étaient peut-être des souvenirs d'anciens amoureux... Eh bien ! mettons-nous au travail.

— Je pars pour Winnipeg. Tous les renseignements qui arriveront au sujet de cette affaire, tu me les transmettras là-bas. Tu les noteras avec soin et tu les classeras, c'est entendu, Manseau ?

— Oui, chef. Ne craignez rien, je m'occupe de tout de mon mieux, pendant votre absence. Mais vous pensez qu'à Winnipeg...

— À défaut d'autre chose, je vais chercher de ce côté. Il est possible que le nœud de cette affaire soit à Winnipeg. Il y a deux ans que cette personne vivait là-bas. Son assassin peut être de la région... À moins qu'il ne s'agisse d'une vengeance. En tout cas, le mobile du crime ne peut pas avoir été le vol puisque nous avons trouvé dans le sac de Marthe une somme d'argent assez importante. Et comme il semble de toute évidence que la personne qui a étranglé cette malheureuse dans le train n'est pas débarquée ici, à Montréal, elle a pu trouver un moyen de descendre inaperçue quelque part et de retourner à Winnipeg. Remarque bien que ce n'est qu'une hypothèse mais elle vaut la peine d'être vérifiée.

* * *

— Je suis absolument bouleversée par ce malheur arrivé à Marthe, lieutenant.

— Je le comprends, madame Sheridan. Elle était à votre emploi depuis un certain temps.

— C'est abominable ! C'est affreux ! Marthe Charlier était une personne exceptionnelle que je n'oublierai jamais. Et je vous prie de croire que si je peux faire la moindre chose pour qu'elle soit vengée, je le ferai avec joie.

— Je suis heureux que vous me disiez ça, madame. Vous pourrez me communiquer certains renseignements.

— Marthe a pris soin pendant deux ans de mes trois enfants. Ma santé était défaillante. Mais quand Marthe est entrée dans la maison, grâce à elle j'ai pu reprendre le dessus. Elle a été pour moi une compagne, une garde-malade et même une amie, chose qui n'était pas exigée dans son contrat.

— Alors Marthe Charlier était une femme sympathique. Mais lui connaissiez-vous des ennemis ?

— Aucun.

— Des amoureux ? Enfin, je veux dire...

— Elle sortait de temps à autre, acceptait des invitations, mais elle n'avait pas d'amoureux.

— Vous comprenez, j'ai surtout besoin d'éclaircissements pour essayer de retrouver la personne qui pouvait lui en vouloir au point de l'assassiner, et si cette personne est à Winnipeg...

— Mais justement, je ne vois absolument pas qui pouvait détester Marthe. Je vous le répète, tout le monde l'aimait. Elle était populaire autant parmi les enfants que parmi les grandes personnes. Nos amis raffolaient d'elle.

— Elle était belle. J'en reviens à la question des amoureux, de sa vie privée. Vous ne lui connaissiez aucune aventure sérieuse, aucune liaison ?

— Je vous l'ai dit, bien des jeunes gens lui ont fait la cour, des amis personnels de mon mari même. Mais, sincèrement, je ne vois pas lequel serait capable de... Non, c'est impossible, je vous assure !

＊ ＊ ＊

— Marilyn ? Où es-tu ?

— Ah ! excusez-moi. Je suis là, Earl.

— Ah ! bonjour, ma sœur, je... Oh ! je ne savais pas que tu avais quelqu'un !

— Earl ! où étais-tu depuis deux jours ? Entre, que je te présente...

— Mais oui, bien sûr.

— Lieutenant de police Deschamps de Montréal.

— Lieutenant...

— Bonjour, monsieur.

— Lieutenant, je vous présente mon jeune frère Earl Bradley.

— Je suppose que c'est au sujet de cette pauvre Marthe...

— Justement.

— Ma sœur vous a dit sans doute à quel point nous avons été bouleversés...

— Oui.

— Seriez-vous sur une piste ? Croyez-vous pouvoir retrouver...

— Je cherche... Pour le moment, j'avais quelques questions à poser à votre sœur, mais je ne veux pas la déranger plus longtemps. Si vous voulez m'excuser, madame, je reviendrai ou vous téléphonerai au besoin. Je vais continuer ma petite enquête.

— Je vous en prie, lieutenant, n'hésitez pas à me demander tous les détails qui pourraient vous être utiles.

— Alors, au revoir, lieutenant.

— Au revoir, monsieur Bradley... À propos, je serai au quartier général de la police de Winnipeg. Vu que vous avez connu Marthe Charlier, vous aussi, monsieur, s'il vous revient en mémoire certains renseignements, je vous prie de me les transmettre.

— Entendu, lieutenant.

* * *

— Merci de tous ces détails, Manseau. Il n'y a pas à dire, il s'agit d'une affaire fantastique... Et à part ça, à Montréal, rien de neuf ?... Eh bien ! tant mieux... Oh ! moi, je compte rester ici encore quelques jours... Non, je ne crois pas que mon voyage à Winnipeg soit inutile... Je fais suivre quelqu'un en ce moment, quelqu'un qui ne m'a pas l'air d'avoir la conscience tranquille... Au revoir, Manseau. Dis aux camarades que je serai bientôt de retour...

— Ah ! c'est vous, monsieur Earl Bradley. Entrez, je vous en prie... Depuis hier, déjà, je vous attendais...

— Je m'en doute bien.

— Asseyez-vous.

— Je n'en puis plus. Je deviens fou à vous voir aller et venir dans la maison, dans les jardins, dans les rues avoisinantes. Partout je vous rencontre.

— Je cherchais...

— Et maintenant, naturellement, vous ne cherchez plus ?

— Non. Depuis hier soir...

— Eh bien ! vous avez raison. Qu'est-ce que vous allez faire ? M'emmener ?

— Il le faut bien. Mais comment un jeune homme comme vous a-t-il pu en arriver là ? Voilà ce que je n'arrive pas à comprendre.

— Il y avait des mois et des mois que je la suppliais d'avoir pitié de moi...

— C'était une aventure que vous cherchiez ?

— Non ! ah non, pas du tout ! Je voulais l'épouser.

— Mais il y avait au moins dix ans de différence entre vous et elle.

— Douze.

— Il était donc normal qu'elle vous repousse. Même si elle vous avait aimé, elle aurait pu avoir des scrupules ?

— Elle ne m'aimait pas. Je lui devenais de jour en jour plus insupportable. Quand elle m'a annoncé qu'elle partait à cause de moi, j'ai perdu la tête. Je l'ai suivie sans qu'elle s'en doute.

Je l'ai espionnée. J'ai su quel train elle prenait. Vous savez la suite. Je ne pouvais pas supporter l'idée que je ne la verrais plus, que peut-être elle en rencontrerait un autre dont elle accepterait les avances. Maintenant, j'ai l'impression d'avoir moi-même cessé de vivre. Je me suis éloigné de Winnipeg pendant quelques jours, je ne pouvais pas revoir ma sœur après... cette chose horrible... Dans le train, dans la chambrette de Marthe, j'ai discuté avec elle, j'ai essayé de la convaincre une dernière fois. Elle ne voulait rien entendre. Alors, la colère m'a emporté. J'ai serré sa gorge entre mes mains... Ensuite... dès que je l'ai pu, je suis descendu du train. J'étais comme hébété. J'ai essayé de réagir, de revenir ici, de rétablir les choses afin qu'on ne me découvre pas. Je le faisais pour sauver le renom de ma famille, plutôt que pour moi, mais maintenant tout m'est égal. Tout, vous entendez ? Chaque jour qui passe me devient plus insupportable. Emmenez-moi où vous voudrez que je subisse mon procès. Je ne veux même pas de défenseur. C'est inutile.

* * *

— Monsieur Bradley, j'ai voulu vous voir encore une fois avant votre procès. Il y a des choses que vous devez savoir au sujet de votre victime.

— Au sujet de Marthe ? Non, plus rien ne m'intéresse, en dehors du souvenir que j'ai gardé d'elle. Et mon désir d'expiation.

— Savez-vous qui elle était ?

— La femme la plus adorable, la plus douce, la plus modeste que j'ai jamais rencontrée et la plus intelligente aussi.

— Encore ?

— Elle était française.

— Erreur.

— Elle n'était pas française ?

— Non. Elle était née en Pologne.

— En Pologne ? Qu'est-ce que vous me racontez là ?

— Elle s'était mariée à quinze ans et était comtesse d'Oski.

— C'est insensé ! Il n'y avait qu'à l'entendre parler pour être convaincu qu'elle était française.

— Bien sûr, comme il n'y avait qu'à l'entendre parler anglais ou allemand, pour être convaincu, selon le cas, qu'elle était ou allemande ou anglaise.

— Je ne comprends pas.

— La femme que vous avez tuée si stupidement est une des grandes héroïnes de la dernière guerre, monsieur. Et le plus étrange, c'est que si vous ne l'aviez pas tuée, je me demande si le public aurait jamais su son histoire. Ces décorations, ces médailles de guerre trouvées dans ses bagages lui appartenaient en propre. Elle les avait gagnées en France et en Angleterre. Elle faisait partie, depuis le début de la guerre, de l'intelligence service anglais.

— Marthe ! Marthe, une espionne !

— Une espionne extraordinaire, ayant accompli les missions les plus périlleuses en France, en Hongrie, en Pologne, en Angleterre. Les faits sont consignés dans un dossier que j'ai maintenant en ma possession et que je veux bien vous permettre de connaître.

— Mais comment est-elle venue au Canada ?

— Après la guerre, elle avait essayé en vain d'obtenir la naturalisation anglaise. Elle travaillait depuis des années pour l'intelligence service. Mais comme elle était tenue au secret, il lui était impossible de prouver cinq ans de séjour en Angleterre. C'est alors qu'elle a décidé de changer totalement d'existence et de venir au Canada. La guerre était finie. Marthe était fatiguée et voulait oublier toutes les péripéties de sa vie d'espionne qui avaient terriblement ébranlé ses nerfs.

— C'est incroyable ! Incroyable !

— Elle avait mérité de l'Angleterre deux des plus hautes décorations que pouvait obtenir une femme : l'ordre de l'Empire britannique et la médaille George. Elle avait la Croix de guerre française et la médaille de la valeur polonaise.

— Jamais ! Jamais un mot n'a pu seulement me faire soupçonner tout cela !

— Et au lieu de faire état des récompenses reçues pour services extraordinaires, elle préférait, depuis la fin de la guerre, se débrouiller comme elle le pouvait.

— Pourquoi m'avez-vous appris tout cela vous-même ?

— Parce que j'ai conscience que, dans cette histoire, rien n'est banal. Que pas plus qu'elle n'était une personne ordinaire, vous n'êtes, vous, un meurtrier comme tant d'autres. Vous avez été le triste instrument d'un étrange destin. La comtesse d'Oski, alias Marthe Charlier, alias Jane Parks, avait traversé tous les dangers de la dernière guerre pour venir, à des milles de son lieu de naissance, mourir des mains d'un honnête garçon aveuglé par l'amour et qui a un instant perdu la tête. Adieu, Bradley. C'est la dernière fois que nous nous parlons.

L'ARRACHEUR DE DENTS

C'était le premier jour des vacances, depuis un an que j'avais trouvé force et courage pour travailler en songeant à ces quelques semaines bénies où je pourrais enfin me détendre, oublier la besogne et les tracas, et faire pour une autre année une provision d'air et de soleil. Lorsque ça me prit, je venais à peine de m'installer voluptueusement dans une chaise longue sur la véranda de ma villa et de dire à ma femme : « Ah ! qu'on est bien à la campagne ! Ce que je vais en profiter de ces vacances-là ! » Brusquement, je ressentis une douleur à la mâchoire. Je dus faire une drôle de tête car ma femme me regarda curieusement en me demandant ce que j'avais à grimacer comme ça. Je lui répondis avec un air consterné : « Ça y est, j'ai mal aux dents. » J'avais du moins atrocement mal à une dent. Le nerf était exposé, c'était clair, parce que la douleur revenait, lancinante comme si un diablotin se fût amusé à frapper régulièrement avec un petit marteau sur cette dent-là.

Je ne pouvais pas continuer à endurer une douleur pareille. Il fallait à tout prix soigner cette dent, l'arracher peut-être. Cette pensée me désolait, vu que je m'étais toujours vanté d'avoir, à mon âge, gardé toutes mes dents, sauf une seule que j'avais cassée en faisant du sport et qui avait été remplacée d'une façon si efficace qu'on ne pouvait pas la distinguer des autres. Mais, tant pis, tout valait mieux que de continuer à souffrir comme ça. Seulement, je ne permettrais pas que n'importe quel arracheur de dents levât sa pince contre ma mâchoire. Il fallait que je voie mon dentiste, mon propre dentiste, un homme de sciences. J'annonçai donc à ma femme que je retournais en ville et je partis. Je filais à toute allure sur la route et le ronflement même du moteur de ma voiture semblait me rappeler ma souffrance.

Quand j'arrivai à Montréal, je filai directement chez mon dentiste où j'eus la mauvaise surprise d'apprendre qu'il était, lui aussi, en vacances. C'était bien ma chance. Je me dirigeai vers ma maison de ville sans trop savoir ce que je devais faire, mais mon mal me tenaillait à tel point que je me précipitai sur l'annuaire du téléphone, non pas pour mordre dedans, mais pour y chercher un numéro tout comme les gens qui n'ont pas mal aux dents. Je venais de me souvenir qu'un certain docteur Mathiasse venait de s'établir dans le quartier... Je ne le connaissais pas, mais j'étais prêt à me confier à ses soins. Et dire que j'étais en ville précisément pour éviter d'être traité par un inconnu...

— Allô ?

— Allô... chez le docteur Mathiasse ?

— Oui.

— Est-ce que je pourrais parler au docteur, s'il vous plaît ?

— C'est moi-même.

— Écoutez, docteur, j'ai une dent qui me fait horriblement mal. J'habite tout près de chez vous, pouvez-vous vous occuper de moi tout de suite ?

— J'ai quelques patients, mais si vous venez d'ici quelques minutes, je vous ferai passer le plus vite possible.

— Merci, docteur. À tout à l'heure.

Je ne fis qu'un bond jusque chez lui. Sur le perron de sa demeure, quatre personnes étaient assises. Deux vieillards, un jeune homme et une dame dans la soixantaine, à grosse tête ébouriffée, dont les yeux ronds semblaient exprimer un étonnement constant et dont l'énorme nez en forme de point d'exclamation complétait la laideur. Ah ! celle-là aurait sûrement sa récompense au ciel car Dieu ne l'avait point voulue jolie et ses parents avaient admirablement mis à exécution les desseins de la Providence ! Dans ma tête, je la nommai aussitôt « la fée Carabosse ». Pourtant, elle n'était pas antipathique. Elle se leva à mon approche et vint vers moi avec son air stupéfait...

— Pour vous, monsieur ?

— Le docteur Mathiasse ?

— Ah oui !

Je vis alors se lever un des vieillards aux yeux cernés de rouge. Je pris peur, songeant : « Si c'est lui qui m'entreprend, il n'arrivera jamais à m'extraire ma dent ! » Heureusement, la fée Carabosse le fit rasseoir en lui disant :

— Mais non, ce n'est pas pour toi. C'est pour notre fils.

Ayant repris son siège, il jeta un coup d'œil sur l'autre vieillard qui, penché en avant, regardait fixement le parquet et semblait absorbé dans des pensées profondes. Quant au jeune homme, il paraissait occupé à arracher une moustache naissante ou, du moins, à en tirer les poils pour qu'ils poussent plus vite. En somme, cette réunion devant la maison du dentiste donnait à son entreprise un petit air de famille assez sympathique.

— Entrez, monsieur.

— Merci, madame.

— Le docteur est occupé en ce moment, mais ça ne sera pas long. Si vous voulez vous asseoir.

L'espèce de vestibule où j'étais ressemblait aussi peu que possible à l'antichambre d'un dentiste : un escalier, une petite table où il y avait un téléphone, une espèce de banc dont j'éprouvai aussitôt l'inconfort et, un peu plus loin, une patère. Il y avait aussi une chaise mais elle était occupée par une dame poussive qui me fit un sourire édenté auquel je répondis de mon mieux...

— Madame est venue la semaine dernière faire prendre ses impressions...

Je décidai de garder pour moi mes propres impressions vu que je me sentais assez mal à l'aise dans cette ambiance étrange.

— C'est pour un double dentier que madame est là.

— Ah bon !

— L'essayage mettra seulement quelques minutes. Vous ne souffrez pas trop ?

Je répondis que j'allais très bien car je venais de comprendre que la fée Carabosse était une de ces personnes qui, n'ayant rien à faire, sont toujours en mouvement pour se donner l'illusion de faire quelque chose et qui, n'ayant rien d'intéressant à dire, racontent au premier venu leur propre histoire et celle de tout le monde.

— Je vous aurais bien fait asseoir sur le balcon...

— Je vous en prie, je suis très bien, ici.

— Mais comme je le disais à madame, c'est à cause du vieux que je ne peux pas...

— Ah !

— Oui, le vieux. Pas celui qui s'est levé, c'est mon mari. Mais l'autre... Pauvre homme ! Il est ataxique ! Vous comprenez ?

— Oui, oui.

— Il est paralysé, quoi ! Il a toutes les peines du monde à bouger. Le jeune homme qui est là l'accompagne et prend soin de lui.

J'étais de moins en moins tranquille et commençais à me demander dans quelle cour des miracles j'étais tombé. Bien sûr, je plaignais de tout mon cœur le vieillard ataxique...

— Il retombe en enfance. Il faut tout faire pour lui, vous comprenez ? Rassurez-vous, vous ne souffrirez pas longtemps. Le docteur va vous arranger ça. De nos jours les dentistes font les extractions sans douleur. Ce n'est pas comme au temps de mon mari où les gens...

Elle fut interrompue par un féroce cri de douleur. Je sursautai ! Ce cri était parti du bureau du dentiste, installé tout à côté, dans une pièce qui devait normalement être le salon.

— Ce n'est rien. Le patient qui est sur la chaise est un peu nerveux...

Je commençais tout de même à m'inquiéter sérieusement. À ce moment-là... la sonnerie du téléphone força la fée Carabosse à me quitter.

— Allô ? Oh ! il est occupé... Attendez, je vais voir s'il peut venir à l'appareil...

La bonne femme s'en alla frapper à la porte du cabinet.

— Arthur, peux-tu répondre au téléphone ?

Une voix caverneuse lui répondit sèchement :

— Mais tu vois bien que...

— La personne insiste...

Je vis paraître le dentiste, un grand gaillard dans la quarantaine aux traits durs et qui s'essuyait les mains avant de prendre l'appareil...

— Allô ? Excusez-moi de vous avoir fait attendre.

Il ajouta, lugubre :

— Mais j'avais les mains dans le sang !

Je faillis tomber de mon banc. Si je n'avais pas eu si mal, je crois que j'aurais aussitôt pris la fuite.

— Ça continue à enfler ?... Eh bien ! continuez le même traitement et si vous enflez toujours, dans quelques heures, revenez me voir.

Il raccrocha le récepteur et se tourna de mon côté :

— Je m'occupe de vous dans quelques minutes.

La porte se referma. Je voulus aller reprendre mon chapeau à la patère, mais la fée Carabosse reparut, porteuse d'une chaise.

— Vous cherchez de la lecture ?

— Non... non... je...

— Mais oui, il y a des revues sur cette petite table. Prenez ça et assoyez-vous ici sous la lumière pour mieux voir.

Pendant que le patient qui avait crié s'en allait, avant que j'aie pu bien voir dans quel état il était, pendant que la grosse dame édentée passait dans le bureau, la fée Carabosse m'installa sous le plafonnier en plein milieu du vestibule. Et comme, souffrant toujours, je n'avais pas l'air de m'intéresser beaucoup aux revues qu'elle m'avait données...

— Avez-vous lu les journaux du matin ?

J'aurais dû dire oui, j'aurais eu la paix. Mais comme un imbécile, je répondis avec franchise :

— Non.

— Eh bien ! je vais aller vous les chercher...

Elle ne s'était pas aussitôt éloignée que la porte d'entrée s'ouvrit. Le vieillard ataxique était là, debout, accompagné du jeune homme qui l'incitait à mettre un pied devant l'autre... Je fis mine de ne pas les voir pour ne pas gêner la pénible démarche de ce vieux monsieur... mais je sentais bien que le jeune homme me regardait et je me trouvais l'air d'un parfait abruti, au milieu de la pièce, sous la lampe qui m'éclairait violemment.

La fée était de retour.

— Tenez, monsieur, j'ai trouvé... Mais non, je n'ai qu'une partie de ce journal... Ah ! vous êtes là, mon oncle ! Qu'est-ce que vous voulez ?

Le vieillard, en passant, poussa quelques grognements.

— Bon, c'est bien. Allez vous laver les mains. Accompagne-le, Jules. Attendez, monsieur, je reviens tout de suite avec la seconde partie du journal...

— Mais non, madame, je vous assure...

— Ce sera l'affaire d'un instant...

Elle s'agitait beaucoup, la fée Carabosse. Beaucoup trop à mon gré... Elle montait l'escalier pendant que le vieillard disparaissait du côté de la cuisine. Et tout cela créait une atmosphère lourde... une atmosphère où je ne me sentais pas à mon aise, où je finissais par me demander ce qui allait m'arriver. Encore un peu et je me précipitais sur le téléphone pour prévenir un de mes amis de l'endroit où j'étais et pour lui demander, s'il n'avait pas de mes nouvelles d'ici quelques heures, de venir faire enquête à mon sujet. Mais le dentiste sortait de son bureau avec la grosse dame qui maintenant n'était plus édentée du tout mais avait au contraire la bouche bizarrement encombrée.

— Parlez un peu que je constate si vos dentiers vous vont bien.

La grosse dame prononça quelques mots absolument inintelligibles et on entendit le bruit exagéré des deux dentiers qui s'entrechoquaient.

La grosse dame, embarrassée de ses nouveaux appareils, n'arrivait pas à sortir une parole. Mais le dentiste la rassura...

— Oui, vous n'êtes pas encore habituée à vos râteliers. Ça ira mieux dans quelques jours.

De nouveau, la grosse dame essaya de parler, avec le même résultat.

— C'est entendu ! Au revoir, madame. À vous, monsieur...

Enfin, c'était mon tour. J'allais passer dans le bureau quand la fée Carabosse s'amena...

— Tenez, monsieur, la fin du journal... Ah vous !... C'est dommage, il y avait un article intéressant.

La porte du bureau se referma et je me sentis soulagé d'être au moins débarrassé de cette femme. Je montai sur la chaise et j'indiquai au dentiste la dent qui me faisait mal...

— Ah oui ! je vois... Je vois très bien... Pourtant, elle paraît saine, mais si elle vous fait souffrir tant que ça, je vais l'extraire.

Il se lavait les mains, préparait ses outils, me piquait la gencive...

— Je ne vous ferai pas mal...

Et pendant ce temps, j'essayais de lire les parchemins affichés aux murs. Du moins, il me paraissait avoir tous ses diplômes. Il s'approchait de moi avec sa pince...

— Ouvrez la bouche...

J'obéis mais, par un réflexe incontrôlable, je fermai les yeux. Il tirait, tirait...

— Je vous ai fait mal ?

— Pas du tout !

— De nos jours, nous opérons absolument sans douleur.

J'étais ravi.

— C'est merveilleux, mais... c'est drôle, on dirait que j'ai encore mal...

Je vis bien que mon homme était préoccupé.

— Quelle curieuse dent !

— Qu'est-ce qu'elle a ?

— Elle n'a pas de racine !

Il était inquiet.

— Est-ce que, par hasard, vous auriez eu une fausse dent ?

— Eh bien, oui !

Il m'avait extrait ma seule fausse dent ! Avant que j'aie pu protester, il m'arracha l'autre aussitôt. La bonne, cette fois, c'est-à-dire la mauvaise ! Et malgré ses promesses, il me fit mal.

— Revenez dans quelques jours. Je vous poserai une nouvelle dent et je vous rendrai la première.

Il ne m'a jamais revu. La fausse dent qu'il m'avait prise, par mégarde, je la lui donne, il peut la garder. Mais je vous assure que moi aussi, sans lui avoir fait un trou dans la mâchoire, je garde une dent... contre cet homme-là.

LES FIANCÉS

Je viens de voir passer l'amour tout près de moi et j'en suis encore toute bouleversée. J'ai reconnu le vrai visage de l'amour, moi qui ai trente-cinq ans et qui ne suis pas tout à fait de mon époque. Je ne vous dis pas qu'on n'aime plus de nos jours mais je vous affirme que bien peu de gens semblent savoir ce que c'est qu'aimer et ce qu'ils perdent en l'ignorant. Moi, je sais. Je sais très bien, malgré tout.

Ils me sont arrivés à l'improviste, tout à l'heure, elle et lui. Je ne les attendais pas, mais je pensais à eux. Elle, c'est ma nièce qui a vingt et un ans. Lui, c'est un jeune homme qui habite mon quartier. Il a vingt-cinq ans. Il est grand et beau, il a un sourire franc et des yeux clairs. Et dans la poitrine, il a vraiment un cœur et non pas seulement une pompe à sang. Il se nomme Maurice. Maurice Renaud. Elle, ma nièce, s'appelle Lysiane.

On est souvent étonné autour de moi d'apprendre que cette svelte jeune fille blonde, aux yeux immenses, au visage mince et à la démarche gracieuse est ma nièce. On l'a maintes fois prise pour ma sœur. C'est que je suis la cadette d'une famille de douze enfants et qu'elle est la fille de mon frère aîné qui s'est marié très jeune. J'ai joué à la poupée avec Lysiane quand j'avais treize ans et qu'elle en avait quatre. Aussi, elle ne m'appelle jamais « tante » Marie mais Marie tout court. J'en suis bien heureuse. « Tante » Marie, cela me vieillirait et j'ai une telle horreur de vieillir !

Nous sommes trois depuis ce soir à connaître le secret qu'ils sont venus me confier. Pendant quelque temps encore, je serai seule à le partager, ce secret, et cela me rend toute fière. Quand j'ai appris la chose, j'ai pleuré comme une folle que je suis. Mais ils ont pleuré avec moi et cela a tout arrangé. Pour la première fois de ma vie, je jouais le rôle du destin et cela me faisait presque peur. J'aime mieux croire que j'ai tout simplement été l'instrument dont s'est servie la Providence pour parvenir à ses fins. Car le destin est aveugle tandis que la Providence voit jusque dans l'éternité.

J'allais me mettre à table quand j'ai entendu retentir la sonnerie de l'entrée. J'ai couru ouvrir et je les ai trouvés tous les deux derrière la porte. Ils se tenaient par la main comme des enfants et paraissaient un peu intimidés, lui surtout. Avant même de pénétrer dans la maison, Lysiane m'a dit : « Marie, nous venons te demander à souper ! »

C'était charmant. J'étais contente de les voir et j'ai voulu qu'ils se rendent compte tout de suite de ma joie de les accueillir. Je savais qu'ils avaient passé la journée ensemble. Maurice avait pris congé parce que c'était le jour de son anniversaire. Je lui dis :

— Si vous voulez être un peu patient, je vais vous faire un gâteau de fête, Maurice !

Il était confus. Il s'excusait, m'expliquait que c'était là une idée de Lysiane qui n'avait pas voulu retourner deux fois au restaurant dans la même journée.

— N'est-ce pas que j'ai bien fait, Marie ? demandait Lysiane. Autrement, tu n'aurais pas pu lui souhaiter sa fête !

Évidemment qu'elle avait bien fait ! Je ne la reconnaissais plus, ma petite Lysiane, depuis quelque temps. Elle riait constamment, trouvait tout le monde aimable et savait même apercevoir le soleil derrière les nuages, les jours de pluie. Était-ce possible que ce fût elle qui me disait quelques semaines plus tôt :

— Ah ! que je voudrais retrouver l'époque où je jouais à la poupée ! L'époque où j'étais heureuse, quoi ! Depuis ce temps-là, je n'ai jamais plus été heureuse parce que j'ai perdu toutes mes illusions. Je vois la vie telle qu'elle est et je la trouve laide.

Et je lui avais répondu :

— Tu as raison, la vie est laide ! Et tous les hommes sont des mufles !

Et je l'avais encouragée à cultiver en elle ces idées-là. Elle pleurait souvent à cette époque et sans raison. Sans raison apparente mais au fond, elle avait mille raisons de pleurer. Elle pleurait d'ennui et de dégoût. Et je la comprenais. Elle pleurait parce qu'elle commençait à connaître les hommes et qu'ils étaient bien tels que je les lui avais décrits : lâches, peureux, hypocrites, menteurs, cruels, trompeurs, infidèles et méchants. Ils s'appro-

chaient d'elle mais c'était uniquement pour lui tendre éternelle-
ment le même piège. Ils voulaient tout lui prendre et ne rien lui
donner en échange. Ils eussent été fiers de la montrer à leurs
amis mais en présentant mademoiselle et non pas madame.
Qu'est-ce que ça leur faisait, eux hommes, que cette enfant-là
gâchât sa vie ? S'inquiète-t-on du sort d'une fleur qu'on a cueillie
distraitement et qu'on rejette, fanée, après s'en être paré un instant
pour se faire admirer ? Comparait-on seulement encore les femmes
aux fleurs ? À cette époque sauvage, la femme n'était-elle pas
surtout l'ennemie de l'homme, une ennemie qu'il fallait à tout
prix conquérir et réduire en esclavage ?

Une nuit, quelque temps plus tard, je fis une sorte de rêve
horrible. J'étais à moitié endormie, me semblait-il. Dans une forêt
sombre, par un soir d'orage où le ciel, par moments, devenait
incandescent, j'aperçus Lysiane, vêtue seulement d'une robe que
le vent et la pluie collaient à son corps vierge, allant seule, insou-
ciante et désœuvrée, sous les grands arbres noirs. Je vis aussi
une vieillarde crochue, assise sur une souche, au tournant d'un
sentier. Elle était enveloppée d'une espèce de houppelande qui
ne la protégeait guère du froid car, les épaules voûtées, elle grelottait sous la pluie. Lysiane allait vers elle, sans même s'en rendre
compte. À la lueur d'un éclair, elle l'aperçut et eut peur. Mais la
vieille femme la regardait, un œil mi-clos, semblait l'attendre et
esquissait un sourire édenté qui voulait être engageant. Elle se
leva et, s'approchant de Lysiane, fit le geste de dénouer sa cape
pour en protéger la jeune fille. Lysiane, devinant l'intention de
la vieille, refusa en la remerciant. Mais l'autre insista et prestement
jeta sa mante sur les épaules de Lysiane qui, voulant l'enlever,
ne pouvait y parvenir.

Le sourire de la vieille s'était changé en un effrayant rictus
et lorsque Lysiane la regarda étonnée, elle lui dit :

— Cette chape, plus lourde que du plomb, est tissée d'une
étoffe dont j'ai le secret et qui s'appelle solitude. Elle ne te garan-
tira ni du vent, ni de la pluie ; elle voûtera tes épaules comme
elle a voûté les miennes et quand tu voudras courir, elle sera une
entrave à ta course. Il y a longtemps que je t'attendais pour te
la transmettre. Maintenant, je me sens libérée. Adieu !

La vieille se redressa et je vis que son masque s'était transformé. Elle n'avait plus de rides, sa peau était devenue blanche,
et sa bouche s'ornait de dents éclatantes. Et ce nouveau visage...
ce visage... c'était le mien ! C'était moi, là devant Lysiane qui
s'enfuyait en pleurant. Sa démarche était lente, en dépit de ses

efforts pour s'éloigner de moi. Lysiane était devenue morose, presque désespérée. Je lui criais de revenir vers moi, que je voulais reprendre pour moi seule cette cape qui pesait sur ses épaules mais ma voix ne parvenait pas jusqu'à elle ou, du moins, Lysiane ne paraissait pas m'entendre.

À ce moment-là, sortant brusquement de derrière un arbre, surgit un homme à la tête presque entièrement rasée, à la mode indienne. Cet être primitif ne portait qu'un pagne. À sa ceinture pendaient les scalps encore sanglants de ses ennemis. Il faisait peur. Il avait un air dur qu'il chercha à adoucir en allant vers Lysiane qui, effarée, s'était arrêtée. Il se mit à lui parler. J'avais beau faire, je ne comprenais pas ce qu'il disait mais je pouvais constater que Lysiane, d'abord terrifiée, ne redoutait plus ce barbare mystérieux. Elle l'écoutait presque avec complaisance et répondait même à ses questions tant elle était contente d'avoir enfin quelqu'un à qui raconter ses malheurs. Il était tout près d'elle maintenant et j'entendis une phrase :

— Tu es belle ! lui dit-il.

Lysiane leva sur lui fièrement ses grands yeux gris où brillaient encore des larmes.

Il se pencha à son oreille et murmura quelques mots que je ne saisis pas. Cependant, j'aperçus Lysiane qui se dégagea et voulut prendre la fuite. Elle fit quelques pas, en trébuchant car la chape si lourde, où elle était comme emprisonnée, ralentissait sa course. Lui, eut vite fait de la rattraper. Et alors, dans un fracas de tonnerre, je fus témoin d'un répugnant spectacle que la foudre sinistrement éclairait. Bousculant Lysiane et la clouant au sol d'une main qu'il avait ancrée dans la blonde chevelure, l'homme sortit de sa ceinture un coutelas qu'il plongea dans la tête de la jeune fille qui hurlait de douleur. La forêt se peupla d'autres êtres semblables au premier. D'un mouvement brutal, l'homme arracha la peau qui recouvrait le crâne de Lysiane ; puis, se relevant, il montra à ceux de sa tribu ce nouveau trophée. Tous ensemble, ils entonnèrent un chant de victoire et s'éloignèrent pendant que je me traînais jusqu'à Lysiane. Je serrai contre moi sa tête sanguinolente que je couvrais de baisers. Elle me regarda et put seulement murmurer :

— La vie... est... laide.

Je me réveillai brusquement. J'étais couverte d'une sueur froide, je grelottais dans mon lit. Cette nuit-là, je compris à quel point j'étais coupable d'avoir fait partager à ma nièce mes déceptions, mes déboires, mes tristesses ; de l'avoir convaincue, elle qui avait tout juste un peu plus de vingt ans, que la vie était affreuse. Et je compris aussi que j'avais tort d'entretenir en moi tant de rancœur et que je pouvais encore avoir un peu de bonheur en ce monde si je pouvais seulement faire des heureux.

Dès le lendemain, sans rien dire à Lysiane de ce cauchemar, je m'employai à la distraire, à lui procurer quelques petites joies. Et puis, un soir, il y a deux mois, moi qui suis plutôt timide, je me hasardai à inviter chez moi ce jeune homme, ce Maurice Renaud dont je connaissais la mère et à qui j'avais parlé quelques fois parce que, le premier, il m'avait dit bonjour. Il accepta mon invitation et ce soir-là, il connut Lysiane.

Je me trouvais ridicule, mais j'entrepris de prier pour qu'ils se plaisent l'un à l'autre ; je m'évertuai à favoriser leurs rencontres et reçus les confidences de Lysiane. Elle l'aimait. Elle l'avait aimé en le voyant. Mais lui ? L'aimait-il ?

— Comment reconnaît-on qu'un être nous aime, Marie ?

C'est à moi qu'elle demandait ça ! Et moi, je répondais. Je trouvais, je ne sais comment, les mots qui expliquent cette chose inexplicable qu'on appelle l'amour, ce mystère qui restera toujours pour moi un mystère.

Et voilà que maintenant Lysiane et Maurice venaient me demander l'hospitalité, voilà qu'ils ajoutaient deux couverts à la salle à manger pendant que je préparais le gâteau de fête de Maurice, voilà qu'ils étaient gais et badinaient à table, voilà que Maurice soufflait les bougies, voilà que sans avoir bu, ils paraissaient ivres tous les deux.

Le repas terminé, nous sommes allés prendre le café au salon. Pour avoir une raison de leur tourner le dos afin de ne pas les gêner, je me mis au piano. Je me surpris à jouer un air mélancolique et je cherchais du bout des doigts une mélodie plus légère qui eût moins laissé percer les sentiments qui s'agitaient en moi lorsque j'entendis la voix de Maurice :

— Marie, nous avons quelque chose à vous dire.

Alors, je me retournai et je vis Lysiane qui me tendait sa jolie main où une grosse bague d'homme attirait mes regards. Elle me dit :

— Il a été adorable. Il a pris sa bague, il l'a passée à mon doigt et m'a simplement murmuré : « Tu veux ? » Et comme la bague était trop grande, il a demandé un bout de ficelle qu'il a enroulé tout autour, pour qu'elle m'aille bien.

C'est à ce moment-là que nous avons pleuré tous les trois. Et Maurice m'a dit cette chose que je n'oublierai plus :

— Marie, comme vous comprenez les amoureux !

Ils viennent de me quitter, sur un dernier sourire. Doucement, j'ai refermé la porte. J'ai fait le tour de la maison pour
éteindre toutes les lumières. Et maintenant, moi que personne
jamais n'a aimée, moi que personne jamais n'aimera, je m'en
vais dormir seule. Car moi, je la porte à jamais, la chape de
solitude.

LE DISCOURS DE MONSIEUR LANOUETTE

C'était connu dans la famille, Elzéar Lanouette avait le don de la parole. On le lui avait si souvent dit et répété que la chose était devenue incontestable. Lui-même en était convaincu. C'était toujours lui qui était chargé de prononcer le laïus aux enterrements de vie de garçon, aux fêtes de vingt-cinquième anniversaire de mariage et quand, une fois l'an, il assistait à la réunion de l'Amicale des anciens élèves de l'école Sainte-Pastrouille, ses confrères ne manquaient jamais de taper sur les pupitres et de réclamer : « Un discours ! Un discours ! ».

Mais ces discours-là, c'était de la petite bière à côté de celui qu'il prononcerait cet après-midi même vers les six heures et qui serait pétillant comme du champagne. Quand il s'était inscrit, quelques semaines plus tôt, à l'Association pour l'élimination du bruit dans les villes, il ne croyait pas monter si vite en grade ni être si tôt dans les honneurs. Cependant, il faut croire que sa réputation d'homme éloquent l'avait précédé car voilà que, la veille, la délicieuse Mme Pierrat, la présidente, lui avait téléphoné pour l'inviter, avec son épouse, à un cocktail donné pour inaugurer la grande campagne d'élimination du bruit dans les villes. Et Mme Pierrat avait ajouté : « Je vous ai choisi pour prononcer le discours d'inauguration après celui du maire qui assistera à la cérémonie. Les discours seront radiodiffusés et je tiens à ce que notre société soit bien représentée auprès du public auditeur. » M. Lanouette avait modestement déclaré qu'il ferait de son mieux pour ne pas être inférieur à cet honneur. Dans quelques heures, on verrait bien ce qu'il entendait par là !

Au bureau, il n'avait pas soufflé mot de l'événement à ses collègues. Il avait simplement demandé au grand patron la permission de s'absenter un peu plus tôt que d'habitude. Il voulait laisser à ses camarades la surprise de voir son nom dans les journaux du lendemain et d'y lire des extraits de son discours. Ils viendraient le féliciter et diraient : « Ah ! tout de même ce Lanouette, quelle éloquence ! » Cependant, Elzéar Lanouette se fit la réflexion très juste qu'il est préférable de juger de l'éloquence d'un homme à l'audition plutôt qu'à la lecture. Et si personne n'était prévenu de la radiodiffusion de son discours, personne ne l'entendrait. À mesure que le moment approchait où il devait quitter le bureau, Lanouette devenait de plus en plus certain que ce serait dommage que ses amis ne fussent pas avertis de la chose. Aussi, cinq minutes avant son départ, n'y tenant plus, il prit à part Charles Pierpont et lui dit sur un ton détaché :

— À propos, je prononce un petit discours tout à l'heure à la radio. Si ça t'amuse d'entendre ça...

C'est à dessein qu'il avait choisi Charles Pierpont, qu'on appelait « la commère » à cause de sa propension au colportage des potins. Elzéar Lanouette était tranquille : avant un quart d'heure, Pierpont aurait prévenu tous les camarades. Et en rentrant chez eux, vers cinq heures trente, ils diraient à leur femme : « Tiens, Lanouette prononce un discours tout à l'heure à la radio, si on l'écoutait ?... »

À toute allure, Elzéar dévala l'escalier, sortit dans la rue, courut au terrain de stationnement, sauta dans sa voiture qu'il fit démarrer avec un geste de conducteur émérite. Il faisait beau, le soleil était éblouissant. Il y aurait un monde fou au cocktail. Les femmes seraient en toilettes claires et Mme Lanouette pourrait se pavaner dans la jolie robe qu'il lui avait fait acheter pour la circonstance. Ah ! c'était, par plus d'un côté, une de ces journées qu'on doit marquer d'une pierre blanche ! Soudain, il s'aperçut que sa voiture, en gravissant une pente, avait des ratés. Il se dit qu'elle était restée trop longtemps au soleil et qu'il faudrait qu'il songeât à mettre de l'eau dans le radiateur.

En arrivant à la maison, il constata qu'Hortense, son épouse, s'était emparée de la salle de bains où elle procédait à une toilette et à un maquillage savants. Il se réfugia à la cuisine pour se raser de frais, prenant bien garde de ne pas se taillader le visage malgré son installation précaire devant une glace mal éclairée pendue à la poignée de l'armoire devant l'évier. S'il fallait qu'il s'amenât au cocktail une estafilade sous le nez ! Il réussit à se gratter soigneusement la peau jusqu'à ce qu'elle devint rouge vif mais s'arrêta au moment précis où le sang allait jaillir. Pendant l'opération, il songeait à son discours. Il comptait épater sa femme par une brillante improvisation. Mais Mme Lanouette, ancienne institutrice et personne de bon sens, se souvenait d'avoir lu quelque part que les meilleures improvisations sont longuement préparées et le lui avait souligné. Cela avait fait réfléchir Elzéar qui se sentait maintenant un peu nerveux.

« Mesdames, messieurs... », répétait-il en se passant sur le visage une lotion astringente. Mais les enfants étaient autour de lui et faisaient un bruit de tous les diables. Soudain, il leur cria, en colère :

— Vous ne vous rendez pas compte de l'ironie de la situation ? Au moment même où je prépare un discours sur l'élimination du bruit dans les villes, vous faites un tel charivari que je ne m'entends pas penser ! Allez jouer dehors !

Les enfants ne comprirent pas grand-chose aux subtils sarcasmes de leur père mais ils déguerpirent en vitesse en voyant qu'il était de si mauvaise humeur.

« Monsieur le maire, mesdames et messieurs... » Il ne fallait tout de même pas l'oublier celui-là. Son Honneur le maire ne resterait qu'environ une heure à ce cocktail mais il y serait. Il l'avait promis formellement. Il avait été bien aimable, le maire, d'accepter l'invitation de l'Association pour l'élimination du bruit dans les villes vu qu'il devrait être présent ensuite à deux autres cocktails, inaugurer un marché public, présider une distribution de prix et aller enfin entendre une conférence dans la soirée. Cependant, Hortense avait raison. Ce serait une grave erreur d'improviser un discours devant une assistance aussi distinguée et devant un microphone. Il y aurait sans doute des centaines de milliers de personnes à l'écoute et le moindre bafouillage serait remarqué tandis qu'au contraire, un compliment bien au point et débité d'une belle voix pouvait étendre à toute la province et peut-être même à tout le pays la réputation d'orateur d'Elzéar. Le truc, c'était d'écrire la harangue, de l'apprendre par cœur et de faire mine d'improviser. Le résultat serait le même : il ne lirait pas son discours, il aurait l'air d'inventer son *speech* et le tour serait joué. Tout de même, il y avait du bon à avoir épousé une ancienne institutrice et une femme d'un jugement sûr.

Elzéar s'assit devant un petit secrétaire au salon et se mit en frais de rédiger son allocution, qui prit bientôt tournure de vrai bijou. Elzéar écrit vite, les mots lui viennent facilement et pendant que sa main les trace sur le papier, il les prononce à voix claire et haute. Ah ! c'est enlevé ! C'est plein de sel... C'est d'une finesse, d'une profondeur, d'une force, d'une vivacité... ! Elzéar croit déjà entendre les applaudissements et les bravos qui retentissent dans le microphone et soulignent son succès. Mais non, c'est tout simplement Hortense qui, selon une manie qu'elle a gardée depuis le temps où elle enseignait l'orthographe, se frappe dans les mains pour le rappeler à la réalité et lui crie de faire diligence.

— Elzéar, dépêche-toi. Il ne faudrait tout de même pas arriver en retard !

— Bah ! avec la voiture, nous serons là en dix minutes.

Il fignole encore quelques phrases, puis il s'en va dans la chambre conjugale, pose son papier sur le lit, et tout en changeant de complet et en endossant une chemise immaculée, il répète à haute voix ce qui devient maintenant une véritable déclamation.

Mme Lanouette l'écoute en mettant ses boucles d'oreilles.

— Il est très bien ton discours, Elzéar, mais hâte-toi.

— Voilà, je suis prêt.

Hortense fait ses dernières recommandations à la bonne et monte dans la voiture avec son mari. Les enfants sont là qui les regardent partir. Elzéar entend son fils qui, fièrement, dit à l'un de ses jeunes amis : « Papa s'en va faire un discours ! » Redressant la tête, sentant se tourner vers lui tous les regards de ce petit monde, Elzéar fait démarrer la voiture.

— Ça ne t'ennuie pas, Hortense, que je répète mon discours ? Je voudrais m'assurer que je le sais bien.

— Répète tant que tu voudras, mais dépêche-toi. Nous sommes déjà en retard de cinq mi...

La voiture s'arrête net. Hortense également.

— Qu'est-ce qu'il y a ?...

— Je ne sais pas. Déjà tout à l'heure elle avait des ratés mais...

Rien à faire pour amener le moteur à se remettre à tourner.

— Tu es sûr que tu as de l'essence, Elzéar ?

Les enfants accourent voyant leurs parents en panne, les gens sortent sur les balcons se demandant ce qui se passe. Un autre automobiliste klaxonne, réclamant impérieusement la voie.

— Mais voyons donc ! Certainement que j'ai de l'essence dans mon...

M. Lanouette jette un coup d'œil sur le cadran indicateur. C'est pourtant vrai ! Plus une goutte d'essence dans le réservoir. Un attroupement se forme autour de la voiture. Des hommes de bonne volonté s'offrent à pousser l'auto jusque chez les Lanouette. Les voilà de nouveau devant la maison. Les curieux y vont de leurs conseils.

— Il faudrait siphonner de l'essence dans votre réservoir ou bien aller en acheter un gallon chez un garagiste.

Elzéar prend une grande décision.

— Hortense, va me chercher mon appareil à douche. Et apporte aussi des ciseaux. Toi, Jean-Claude, va demander à M. Bernard si je peux prendre un peu d'essence dans son réservoir. Sa voiture est juste là, à côté.

Jean-Claude revient en même temps que sa mère qui apporte l'appareil de caoutchouc qu'Elzéar adapte tous les matins sur le robinet de la baignoire pour se faire couler de l'eau glacée dans le dos, histoire de se maintenir en forme.

— Il n'y a personne chez M. Bernard, papa.

Tant pis, Bernard est un voisin charmant, un ami. On lui rendra son essence. D'ailleurs, il en faut si peu. Elzéar enlève les bouchons des réservoirs, d'un coup de ciseau il entaille l'embouchure du tube qu'il introduit dans le réservoir de la voiture de M. Bernard. Le plus difficile reste à faire : aspirer l'essence pour que le siphon fonctionne. Si tous ces gens voulaient bien s'en aller. Elzéar se sent ridicule. Mais il n'y a pas de temps à perdre. Il se penche et aspire fortement. Au même instant, il entend une voix autoritaire qui dit :

— Qu'est-ce que vous faites là, vous ?

Elzéar Lanouette lève la tête et reçoit dans la bouche une bonne quantité d'essence en apercevant un policier qui, attiré par l'attroupement, vient se rendre compte de la situation. Elzéar est rouge comme un coquelicot. Il adapte le siphon au réservoir de sa propre voiture pendant qu'il s'explique avec le policier qui manifestement le prend pour un voleur. Elzéar proteste...

— Écoutez, monsieur, le maire de la ville m'attend. Je dois prononcer devant lui dans quelques minutes un discours...

Cette phrase produit son petit effet. Le policier est impressionné, les curieux aussi. Elzéar interrompt le siphonnage et s'apprête à repartir.

Hortense est d'une humeur de moins en moins gracieuse.

— Nous avons déjà un retard d'un quart d'heure.

— Il faudra tout de même nous arrêter au prochain garage. J'ai à peine un demi-gallon d'essence.

Elzéar est nerveux. Il va allumer une cigarette pour se remettre d'aplomb lorsque sa femme, pensant à l'essence qu'il a avalée, s'écrie :

— Elzéar, éteins ça, tu vas faire explosion !

Elzéar pâlit, éteint sa cigarette et reprend :

— Monsieur le maire, mesdames et messieurs...

Il voit Hortense qui ferme les yeux et brusquement renvoie sa tête en arrière. Il croit qu'elle va s'évanouir.

— Ton pantalon, lui dit Hortense, d'une voix lugubre.

— Eh bien quoi, mon pantalon ?

— Tu as mis ton pantalon troué. Crois-tu que tu peux te présenter devant le maire et les autres avec un pantalon qui a à la cuisse un trou de la grandeur d'un cinquante cents ?

Ce fichu pantalon qu'il a brûlé la semaine dernière. Il fallait qu'Elzéar se trompât et mît celui-ci plutôt que l'autre qui arrivait de chez le dégraisseur. Il arrête la voiture au garage, commande de l'essence. Sa femme ronchonne mais se contient encore.

— J'aurais bien dû me douter que si je ne sortais pas moi-même ton complet... Il faut absolument que tu retournes à la maison mettre un autre pantalon.

— Oui, je vais téléphoner à l'Association pour l'élimination du bruit et prévenir que je serai un peu en retard, répond-il piteusement en descendant de la voiture.

La jeune fille à qui il parla au téléphone n'eut pas l'air de comprendre ce qu'il lui racontait, mais enfin il revint vers le garagiste pour le payer. Il allait repartir lorsque celui-ci lui cria :

— Eh ! monsieur, attendez !

— Quoi ?

Le garagiste lui annonce avec un sourire de satisfaction sadique :

— Votre pneu est crevé, derrière.

Elzéar vit le fond de teint surir littéralement sur le visage d'Hortense. Il descendit de la voiture pour ne pas être submergé par les invectives de sa femme...

— Eh bien, changez-le, mon pneu, fit-il découragé.

Il s'éloigna un peu pour répéter son discours en marchant de long en large devant le garage pendant qu'on changeait le pneu. D'une voix où grondait la colère, il commença :

— Monsieur le maire, mesdames et messieurs...

Le pneu changé, Elzéar retourna à la maison et dit à Hortense de l'attendre dans la voiture. Il fut accueilli par la bonne qui lui dit, d'un air béat :

— Ç'a ben marché, votre discours, monsieur Lanouette ?

— Vous, je vous chasse !

Il ne prit pas le temps de s'arrêter pour l'étrangler mais s'enferma dans sa chambre et enfila son deuxième pantalon.

Dans la voiture, il dit à Hortense :

— J'ai donné ses huit jours à la bonne.

— Tu n'es pas fou ?

— Cette fille est une imbécile !

— Si tu crois que c'est facile de trouver une bonne de nos jours...

— Monsieur le maire, mesdames et messieurs...

Ils arrivèrent au cocktail au moment précis où M. le maire et Mme la mairesse prenaient congé des invités. Mme Pierrat attendait Elzéar de pied ferme :

— Vous, avant que je vous redemande pour faire un discours... lui dit-elle entre ses dents.

Puis, souriant :

— Au revoir, monsieur le maire. Merci d'être venu...

Elle s'éloigna et ne s'occupa plus des Lanouette qui étaient seuls dans leur coin et n'avaient même pas un canapé à grignoter. Elzéar avait décidé de prendre son parti de tous ces ennuis. Il avait même escompté un petit succès en les racontant, affichant ce qu'il croyait être un air spirituel. Il s'approcha d'une dame et allait exercer ses talents de conteur lorsqu'elle lui dit sur le ton le plus sec :

— C'est moi qui devais vous présenter à l'auditoire, monsieur !

Avec sa femme, Elzéar quitta bientôt la réception, sans trop se faire remarquer. Il sentait que tout le monde lui en voulait autant que cette dame qui avait, à cause de lui, raté, elle aussi, son petit discours.

Le lendemain matin, lorsque Elzéar arriva à la Compagnie des Asticots Incorporés, il trouva ses collègues qui, ne l'ayant pas entendu entrer, riaient à gorge déployée en écoutant Charles Pierpont leur raconter :

— Et à ce moment-là, au lieu d'entendre Lanouette, j'entends l'annonceur qui dit : « Nous vous retournons maintenant à nos studios. » Et alors, on nous a joué un superbe disque. Oui, quelque chose que je n'ai jamais pu entendre sans pleurer : « la Valse triste » de Sibélius. Mais c'est drôle, hier, je pleurais de rire ! Ah ! je me tordais...

Elzéar ferma si fort la porte de son bureau que la vitre éclata. Ses camarades se retournèrent brusquement et aperçurent Elzéar Lanouette, le visage d'une rougeur apoplectique, qui, derrière la porte, ressemblait à un tableau de lui-même artistiquement encadré.

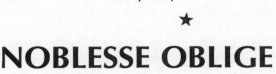

NOBLESSE OBLIGE

La vieille Ford gravit le chemin rocailleux à peine tracé, et s'immobilisa derrière le chalet où les Chartrand passaient l'été.

Un homme à la peau basanée, à la tignasse encore noire malgré ses soixante ans, en descendit. Aussitôt Claude s'amena vers lui au pas de course et lança de sa petite voix claironnante :

— Bonjour, monsieur Gagnon !

— Salut, salut, Richard. Ça va ben à matin ?

— Pas trop bien. Ça me fait de la peine de m'en aller en ville demain.

— Voyons, tu reviendras l'année prochaine.

— C'est loin ça.

— Faut que tu retournes à l'école si tu veux être un homme instruit comme ton père.

Richard soupira :

— Ah ! je le sais.

— J'ai apporté rien qu'une pinte de lait comme ta mère me l'a demandé.

— Et as-tu notre courrier, monsieur Gagnon ?

— Non. Pas de lettres pour vous autres.

— Travailles-tu aujourd'hui, monsieur Gagnon ?

— Ouais, faut que j'aille faire un peu de réparage à la galerie de ma'me Provost.

— Tu m'emmènes ?

— Correct.

— Je porte le lait à maman et je reviens tout de suite, monsieur Gagnon.

En souriant, le vieux paysan regarda s'éloigner l'enfant. Il avait pris en amitié ce Richard Chartrand, un garçon blond de huit ans qui lui vouait une admiration sans borne. C'est que Richard avait senti que M. Gagnon était un homme remarquable. Quand il voulait savoir quelque chose sur les oiseaux, la forêt, les montagnes, les poissons, le lac, c'était toujours à M. Gagnon qu'il s'adressait. Et M. Gagnon répondait sans se lasser et sans lui reprocher de poser trop de questions. Souvent, Richard lui avait dit avec sa candeur d'enfant :

— Tu sais tout, toi, monsieur Gagnon !

Et M. Gagnon, se défendant mal contre une fierté qu'il sentait monter en lui comme la chaleur d'un coup de whisky blanc, se mettait à rire et se rengorgeait. L'instinct de Richard, d'ailleurs, ne l'avait pas trompé. M. Gagnon n'était pas, en effet, un homme ordinaire. Sous des dehors frustes, il cachait une intelligence vive. Il était extrêmement adroit et d'une ingéniosité inouïe. C'était un de ces hommes des montagnes qui sont à la fois bûcherons et cultivateurs, qui ont fait la drave et les sucres, qui savent construire une maison aussi bien que tracer un sillon. Avec une hache, du bois et des clous, il arrivait à fabriquer à peu près n'importe quoi. Ainsi, le jeune Richard avait été bien épaté le jour où M. Gagnon répara la machine à laver de Mme Chartrand en remplaçant une cheville usée par une autre qu'il tailla à la hache dans une bûche. Et puis, M. Gagnon calculait avec une rapidité étonnante. Vous lui disiez : « Pour construire un camp en bois rond de telles dimensions, combien te faudrait-il de billes ? » Il fermait à demi un œil et de l'autre fixait un point sur le mur, marmonnait vaguement, puis donnait aussitôt la réponse. C'était quelqu'un, M. Gagnon, Richard en avait été tout de suite convaincu et avait fait de lui son ami.

Richard avait six ans lorsque ses parents avaient, pour la première fois, loué ce chalet dans les Laurentides. Il avait immédiatement trouvé sympathique ce paysan qui venait porter tous les matins le courrier et les produits de sa ferme et se chargeait de toutes les réparations et de tous les travaux de menuiserie qu'on voulait bien lui confier. Quant à M. Gagnon, il avait été conquis par ce petit bout d'homme qui parlait déjà de choses sérieuses et s'intéressait à tout. Dès le premier été, le petit Richard avait pris l'habitude de le suivre partout. Il partait avec lui le matin et faisait la tournée des chalets construits au bord de la route longeant le lac. Il livrait le lait et distribuait aux estivants le courrier que le postillon avait laissé chez M. Gagnon. Certaines fois, il passait avec lui la journée entière. M. Gagnon lui prêtait un marteau et des clous et lui confiait de petites besognes, ou encore, il l'emmenait à sa ferme et le laissait conduire les chevaux ou placer dans une grosse voiture les bûches qu'on lui avait commandées.

M. Gagnon ne traitait pas Richard comme un enfant mais comme un copain. En retour, Richard le tutoyait pour bien lui prouver qu'il était vraiment son ami. M. Gagnon était aussi bien amusant. Il avait toujours des histoires à raconter, des incidents formidables qui s'étaient passés dans les bois, des malheurs arrivés à des bûcherons, des bousculades de draveurs perdant pied sur les billots flottants et devenant aussitôt l'objet des moqueries de leurs camarades, des histoires d'animaux, de chevreuils aperçus à l'aube venant s'abreuver au lac et de loups traversant au pas de course, l'hiver, les champs que Claude n'avait jamais vus couverts de neige puisqu'il ne séjournait au lac que pendant la belle saison. Et puis, M. Gagnon savait comment on prépare les pièges où viennent se prendre les renards et les rats musqués ; il connaissait des ruisseaux pleins de truites et pouvait dire ce qu'il y avait derrière la montagne qu'on apercevait là-bas. En somme, M. Gagnon était un grand savant à qui il convenait de témoigner du respect.

Le paysan vit revenir Richard qui portait sous son bras une boîte contenant son repas du midi. Il l'avait fait préparer d'avance au cas où M. Gagnon accepterait, pour la dernière fois cette année-là, de l'avoir pour compagnon de travail. Richard s'assit sur la banquette à côté de M. Gagnon qui fit démarrer sa vieille voiture.

— Comme ça, t'as apporté ton lunch. T'as envie de faire de la bonne besogne.

— Oui.

— Vous avez du beau temps pour votre dernière journée au lac.

— Oui.

Richard n'était pas très loquace. M. Gagnon l'observait du coin de l'œil.

— Qu'est-ce que t'as ? T'es pas dans ton assiette à matin, Richard.

— Je te l'ai dit, monsieur Gagnon, je suis pas content de m'en aller demain.

— Pense pas trop à ça. Tiens, tu vois l'espèce de petite poule, là-bas sur le chemin ? Ça s'appelle une perdrix.

— Ah ! c'est une perdrix ? C'est bon à manger une perdrix ?

— J'te cré ! C'est ben de valeur que ça soit pas encore la saison de la chasse. J'aurais apporté mon fusil, pis je t'aurais fait manger de la perdrix.

— T'en as tué souvent des perdrix, monsieur Gagnon ?

Richard levait vers M. Gagnon ses grands yeux bruns et attendait la réponse, bouche bée. Il avait déjà oublié sa tristesse et était de nouveau sous le charme de M. Gagnon. Tout en bavardant, ils allèrent ensemble porter le courrier et les victuailles aux divers chalets et arrivèrent ainsi chez Mme Provost.

La réparation de la galerie prit presque toute la journée. M. Gagnon travaillait lentement mais il travaillait bien. Richard transporta des planches, apporta des clous, se servit d'une grande esse pour arracher les traverses pourries, tendant ses petits muscles et tirant de toutes ses forces, devenant rouge à en éclater. Pour M. Gagnon, au contraire, tout semblait facile. Les madriers ne paraissaient pas peser plus qu'une plume au bout de ses bras et il maniait son lourd marteau comme s'il se fut agi d'un tue-mouches, enfonçant les clous sans jamais les crochir.

Le travail terminé, ils remontaient dans la guimbarde et allaient repartir lorsque Richard aperçut au fond de la voiture une lettre. L'enfant la ramassa et la tendit au paysan qui la prit.

— Hé, monsieur Gagnon, on a oublié une lettre ce matin.

— Tiens, c'est ben vrai. Oh ! on la donnera demain.

— Mais non, monsieur Gagnon. C'est peut-être des bonnes nouvelles. Il faut la donner tout de suite.

M. Gagnon tournait et retournait la lettre dans ses grosses mains noueuses et sales. Richard demanda :

— C'est pour qui, cette lettre-là ?

— Pour qui ?

Richard le reluquait ; M. Gagnon fit semblant de regarder l'enveloppe qu'il remit à Richard au bout d'un moment.

— Ben dis-moi donc ça, toi.

Richard leva vers M. Gagnon des yeux étonnés :

— Tu sais pas lire ? demanda-t-il moitié sérieusement, moitié plaisantant.

M. Gagnon était de plus en plus mal à l'aise. Il tenta de rire, mais son rire sonna faux :

— Qu'est-ce que tu me contes là, toi ? Ben sûr que je sais lire. Mais j'ai pas mes lunettes. J'ai pas des ben bons yeux.

Richard le regardait toujours fixement et M. Gagnon rougit sous son hâle.

— Pour travailler, tu mets pas de lunettes, monsieur Gagnon.

— Je sais ben, mais pour lire, y m'en faut. Sans ça, je peux pas.

Le petit Richard lut lentement l'inscription, en fronçant les sourcils et dit :

— C'est pour Mlle Thérèse Lacroix.

— Bon, j'y remettrai ça en passant, répondit le paysan en plaçant la lettre dans sa poche. Viens-t'en.

Dans la voiture, Richard resta silencieux et M. Gagnon, au volant, sentait posé sur lui le regard de l'enfant. Il essaya de faire un peu de conversation mais tout ce qu'il disait ne paraissait pas intéresser Richard qui réfléchissait.

M. Gagnon ne comprenait pas comment cette lettre avait pu s'égarer. Ce matin, comme tous les matins, sa femme avait pourtant placé soigneusement le courrier avec la commande particulière de chaque famille afin qu'il ne se trompât point. Mais cette lettre-là avait dû tomber du colis. S'il avait été seul, M. Gagnon l'aurait simplement rapportée à sa femme et l'aurait remise à son destinataire le lendemain matin. Mais le petit Richard avait eu un argument sans réplique... Enfin, tans pis ! Tout de même, M. Gagnon n'était pas content. Pour la première fois, il venait de décevoir le petit Richard. Quand il rentra chez lui, M. Gagnon était de mauvaise humeur et sa femme ne sut pas pourquoi.

Le lendemain, Richard, accompagné de ses parents, vint faire ses adieux. Il semblait avoir oublié l'incident de la veille et M. Gagnon, tout heureux, amorça avec lui des projets pour l'année suivante. Mais au moment du départ, l'enfant dit brusquement à la femme de son ami :

— Où sont-elles les lunettes de monsieur Gagnon ?

Avant que M. Gagnon pût intervenir, son épouse répliqua :

— Mon mari, porter des lunettes ? Mais il a pas besoin de ça. Il a des vrais yeux de chat.

M. Gagnon ne put supporter le regard que Richard lui lança en regagnant aussitôt la voiture de ses parents. Mme Chartrand dut gronder son fils.

— Voyons, Richard, dis au revoir à ton ami.

Richard fit simplement un petit geste de la main, puis se tourna du côté de la route.

M. Gagnon était pâle et lorsque l'auto s'éloigna, il se tourna vers sa femme avec colère :

— Pourquoi tu lui as dit que j'avais pas de lunettes ?

Mme Gagnon ne comprit rien à la fureur de son mari.

Les jours suivants, M. Gagnon parut sombre et mélancolique. Il ronchonnait et passait de longs moments à réfléchir. Sa femme le surprit même à examiner curieusement le journal. Il suivait les gros caractères des manchettes. Il les guettait, pour ainsi dire, comme s'il allait, à force de les regarder, percer le mystère qu'ils cachaient. Mais il haussait les épaules, découragé. Sa femme s'inquiétait :

— Si t'es malade, Jos, faut le dire. On te fera soigner.

— Je suis pas malade.

— Ben qu'est-ce que t'as ? Je t'ai jamais vu de même.

— J'ai rien.

M. Gagnon essaya d'oublier l'incident mais il n'y parvint pas. Que cet enfant qui le prenait pour un savant se fût rendu compte qu'il n'était qu'un illettré bouleversait M. Gagnon. Il avait suffi d'un instant pour que toute l'admiration que Richard avait pour lui tombât et fut réduite à néant. C'était devenu pour M. Gagnon une question de fierté. Son prestige était en jeu. Il fallait remédier à cette situation. Un soir, il dit à sa femme :

— Ça doit pourtant pas être si difficile !

— Quoi donc, Jos ?

— D'apprendre à lire.

Il attendit un moment, puis sur un ton décidé il ajouta :

— Tu vas m'enseigner !

Et tous les soirs de ce long hiver, M. Gagnon, sous la direction de sa femme qui avait fait ses études au couvent de Rawdon, étudia dans un vieil abécédaire, apprit les lettres de l'alphabet, surmonta les difficultés qu'offraient les syllabes, constata que les lettres formaient des mots et même parfois des mots dont le sens lui échappait, mais qu'il pouvait prononcer.

Aux premiers jours de l'été suivant, M. Gagnon, dans son tacot, alla saluer les Chartrand qui s'installaient à leur chalet. Il arriva avec un cadeau pour son ami Richard :

— Tiens, je t'ai apporté un peu de sirop d'érable que j'ai fait ce printemps.

Il regardait Richard qui avait grandi, qui devenait un petit homme vigoureux. Baissant un peu les yeux et après s'être raclé la gorge, M. Gagnon ajouta :

— Tu viendrais pas faire la tournée avec moi à matin ? J'ai ben des provisions à porter, pis des lettres en masse.

Il tenait tout le courrier dans sa large main et lentement, faisant mine de ne pas voir Richard qui l'observait, il se mit à repasser les lettres une à une, en marmonnant :

— Mme Provost, M. Francœur, Mlle Thérèse Lacroix...

Le visage de Richard s'illumina :

— Tu sais lire, monsieur Gagnon ?

— Ben certain, répondit M. Gagnon.

Puis, il dit avec un petit air madré :

— T'as pas compris que je te faisais une farce ?

Alors seulement il osa regarder Richard et vit dans les yeux de l'enfant toute l'admiration d'autrefois.

— Envoye, viens-t'en, lui dit-il.

Pendant que la voiture démarrait, Mme Chartrand entendit son fils qui criait, en riant :

— C'est bien simple, tu sais tout, toi, monsieur Gagnon !

L'ENVOÛTÉ

Vers quatre heures cet après-midi-là, Émilien Labonté, le maire de Sainte-Clothilde des Laurentides, se dirigeait en maugréant vers la ferme des Baron, située à un quart de mille du village. Il venait se charger d'une mission délicate et se demandait s'il saurait s'en acquitter. Mais tout de même, avant de faire venir les policiers à Sainte-Clothilde, il fallait s'assurer qu'il y avait matière à entreprendre une enquête. Dès qu'il s'agissait de la bonne réputation du village, M. le maire ne badinait pas.

On était au printemps et les chemins défoncés par la fonte des neiges étaient en très mauvais état, ce qui accentuait la mauvaise humeur du maire. Aussi, lorsqu'en descendant de voiture, il fut accueilli par les aboiements paresseux du chien des Baron, il lui administra un coup de pied dans les côtes, le chien s'éloignant en geignant.

— Tais-toi, va te coucher, vilaine bête !

Soulagé, Émilien Labonté attendit patiemment que Mme Baron lui ouvrit la porte de la cuisine.

— Comment, c'est vous, monsieur Labonté ? Donnez-vous la peine d'entrer, vous auriez dû passer par-devant, je vous aurais ouvert le salon.

— C'est correct de même. Vos hommes sont icitte ?

— Mon vieux est au bâtiment mais je ne pense pas qu'il retarde à revenir, si vous voulez l'attendre...

— Non, c'est à Anselme que je voudrais parler.

— Anselme ?

— Il est avec son père, je suppose ? Je peux aller le retrouver ? Si vous voulez me dire de quel côté...

— Non, non, Anselme est allé à Rawdon, mais il doit passer par le village au retour. Vous comprenez, avec son mariage qui est si proche, il a ben des choses à s'acheter.

— Ben sûr, ben sûr... Dans ce cas-là, je vais m'en retourner. J'ai des bonnes chances de le découvrir chez la belle Thérèse. Au revoir, madame Baron, ben des saluts à votre mari.

Avant même que Mme Baron eût protesté, le maire Labonté était déjà remonté dans sa voiture et repartait pour le village où un groupe de gens l'attendaient. Il fut aussitôt entouré et harcelé de questions.

— Pis, monsieur le maire, vous lui avez parlé ?

— Si Anselme Baron a fait ça, il va payer. Je vous l'dis, je le ferai jeter en prison.

Couvrant le tumulte des voix, le maire s'adressa à celui dont la maison avait été détruite la veille par un incendie.

— Je t'ai demandé de me faire confiance. Je n'ai pas pu voir Anselme parce qu'il n'était pas chez lui.

Les autres protestèrent : Anselme Baron avait peut-être déjà pris la fuite.

— Mais non, il ne s'est pas sauvé. Il ne se sauvera pas tant qu'il aura une fiancée icitte dans le village. Il sera chez elle tout à l'heure. Je vais aller lui parler. Mais je veux y aller tout seul, c'est entendu ça ? Tout seul.

Les gens se turent, se calmèrent sous le regard de cet homme qui possédait sur eux une incontestable autorité. Pour se rendre chez lui, le maire Labonté devait passer devant la demeure des Perrier. C'est Thérèse qui l'aperçut d'abord. C'était une jolie villageoise aux cheveux blonds, aux traits fins et au corps potelé. Une belle fille qui aimait rire et justement, elle riait de quelque chose qu'Anselme venait de lui dire. Anselme aussi riait à belles dents. Il n'avait vraiment pas l'allure d'un garçon qui n'a pas la conscience tranquille. Assis aux pieds de Thérèse, sur une marche du perron, il semblait parfaitement innocent.

M. Labonté arrêta sa voiture, en descendit et s'approcha d'eux. Anselme parut un peu étonné de le voir ; cependant il lui dit sur un ton jovial :

— Comment ça va, monsieur le maire ?

— Ça va bien, vous avez l'air d'avoir ben du fun ici ?

— Quand on se marie dans trois semaines, je ne vois pas pourquoi on serait tristes, ajouta la jolie fiancée, avec un grand sourire.

— Ça c'est vrai... Dis donc, Anselme, j'aurais à te parler.

— Gênez-vous pas. Vous pouvez tout me dire devant ma fiancée.

— Tout de même, j'aurais préféré...

— Si vous insistez comme ça, monsieur Labonté, Thérèse va finir par s'imaginer que je lui fais des cachotteries.

— Eh ben... c'est à propos du feu qui a détruit la maison de Desmeules hier.

Anselme :

— Quel feu ?

— Il y en a qui ont l'air de penser que ce feu peut avoir été mis par quelqu'un.

— Pensez-vous ?

— Ils parlent de faire venir la police.

— Qu'ils fassent venir la police, qu'est-ce que vous voulez que ça me fiche ?

— Mais moi, comme maire de ce village, je ne veux pas qu'on la fasse venir la police si c'est pas nécessaire.

— C'est votre affaire, monsieur le maire, mais pourquoi que vous venez me conter tout ça à moi ?

— Écoute, Anselme. Fâche-toi pas... Je voudrais...

— Il aurait ben raison de se fâcher, monsieur le maire, parce que vous avez l'air de l'accuser...

— Je ne l'accuse pas, je veux justement empêcher qu'on l'accuse et qu'on lui fasse des histoires s'il le mérite pas.

— Comment ça, si je le mérite pas ?

— Il y en a qui prétendent qu'y t'ont vu sortir de derrière chez Desmeules hier soir, quelques minutes avant que le feu se déclare.

— Ah !

Anselme s'est brusquement détourné.

— Pourquoi que j'aurais fait ça ? Je n'avais pas de raison, on fait rien sans raison, monsieur le maire.

— Anselme, je suis un vieil ami de ta famille. Je ne te veux pas de mal. Tout ce que j'aimerais savoir de toi, c'est où tu étais hier soir vers sept heures.

— Pensez-vous que je le sais !

— Si tu pouvais prouver que tu n'étais pas près de la maison des Desmeules, je suis ben sûr que tout le monde te laisserait en paix.

— Comment çé que vous voulez que je le prouve ? J'y suis allé au feu, comme les autres.

— Mais avant, avant le feu ?

— Avant le feu ? Il était avec moi, monsieur le maire.

Thérèse s'est rapprochée d'Anselme. Elle lui a pris le bras.

— On est allés se promener du côté du bois, tu peux le dire, Anselme, on est fiancés, on a le droit de se promener ensemble si ça nous fait plaisir ! Moi, je n'ai pas honte de le dire.

— Ah... tu es bien sûre qu'il était avec toi, Thérèse ?

— Sûre et certaine, monsieur le maire. Je l'ai rencontré à l'entrée du village tout de suite après le souper, vers six heures et demie. C'est quand on est revenus, vers sept heures et quart, qu'on a aperçu la maison des Desmeules qui brûlait.

— Ah, c'est vrai ça, Anselme ?

— Thérèse a pas coutume de mentir, monsieur le maire.

— Eh ben, c'est tout ce que je voulais savoir.

Passant sa main dans les cheveux de Thérèse, le maire se mit à rire.

— Avec un alibi pareil... personne osera plus t'attaquer, mon garçon.

L'homme s'éloigne, heureux du dénouement de sa mission.

— Bonsoir, monsieur le maire.

— Bien le bonsoir, monsieur le maire.

Anselme resta silencieux un long moment. Enfin, il se décida à demander à la jeune fille :

— Pourquoi faire que t'as menti, Thérèse ?

— Parce que je t'aime.

— Ouais...

— Je sentais que même si t'étais pas coupable, tu pourrais avoir du trouble. On n'a pas de temps à perdre à se défendre contre les gens. Je te connais moi, Anselme, je sais que tu ne peux pas avoir fait ça. Tu ne peux pas avoir eu une idée pareille.

— C'est vrai, tu me connais toi, Thérèse.

Il y eut un temps assez long. Anselme regardait au loin. Thérèse, timidement, prit la main du jeune homme qui se tourna pour la regarder.

— Dis rien, quand on va revenir s'installer chez nous avec le père puis la mère, après notre voyage de noces, le soir du retour, on en fera un feu nous autres, un vrai beau feu dans le foyer. Je te ferai voir le plus beau feu que t'as jamais vu, avec des quartiers d'arbres grands comme ça, ma Thérèse.

Anselme et Thérèse se marièrent, firent leur voyage de noces et revinrent s'installer chez les Baron. Anselme était le seul fils qui restât sur la ferme, qui d'ailleurs un jour lui reviendrait. La jeune mariée fut accueillie chaleureusement par les parents d'Anselme, par sa mère surtout. Mme Baron semblait avoir déjà une immense tendresse pour cette femme décidée et solide qui aimait Anselme. Le soir de l'arrivée du jeune couple, elle sut du reste manifester sa gratitude.

— Oui. Vous prenez la grande chambre tous les deux. Mon vieux et moi, on vous la donne de bon cœur.

— Mais c'est pas nécessaire, madame Baron ! Moi et Anselme, on aurait pu...

Anselme s'encadre dans la porte :

— Thérèse, viens-t'en, le feu est tout prêt.

Une lueur d'inquiétude passe dans le regard de la vieille dame.

— Qu'est-ce que tu contes, Anselme ?

— C'est une manière de fêter notre retour, je fais un grand feu dans le foyer.

— Thérèse va aller te rejoindre. Espère-la une minute, faut que je lui montre où c'est qu'est la salle de toilette.

Restée seule avec sa bru, la brave dame ajouta sur un ton qui surprit Thérèse :

— Je suis ben heureuse de voir mon Anselme marié. À vingt et un ans, à vingt-deux ans au plus, mes autres enfants avaient déjà fondé un foyer, mais lui il a fallu qu'il attende jusqu'à vingt-sept ans. Pourtant, je suis ben sûre qu'il avait besoin d'une femme dans sa vie, pis pas de n'importe laquelle, d'une femme comme toi. Je sais que toi tu vas le comprendre, pis l'aider.

Thérèse, étonnée, questionna :

— L'aider ?

— Oui, l'aider... T'es jeune, t'es courageuse, tu veilleras sur lui à ma place.

Impressionnée par ces étranges paroles, Thérèse descendit l'escalier et entra au salon où Anselme l'attendait. Dès qu'il l'aperçut, il vint vers elle.

— Assieds-toi là, Thérèse, juste devant le foyer. Tu sais, ce beau foyer tout en pierres, c'est moi qui l'ai fait. Les parents, ils étaient pas d'accord.

— Pourquoi ils étaient pas d'accord ?

— Je sais ben pas trop, ils disaient que la vieille truie jetait ben assez de chaleur, que c'était des dépenses inutiles.

Tout en parlant, le jeune homme frotta une allumette qu'il jeta au milieu des copeaux qu'il avait accumulés sous les grandes bûches. Puis très vite il vint s'asseoir près de sa femme. Brusquement, tout s'enflamma dans une légère explosion. Du coup, toute la pièce prit une teinte dorée puis rougeoyante. Anselme se releva et vint caler le tisonnier pour rapprocher encore le pare-feu des grosses pierres brunes. Puis il revint se blottir contre Thérèse, bien qu'il ne la regardât pas. Il fixait les flammes tout en racontant d'une voix monotone que les Baron étaient les seuls au village à posséder une telle richesse. Anselme disait aussi combien il en avait gâché du mortier et transporté des grosses pierres plates et lisses qu'il rapportait parfois de très loin. Elle pouvait juger elle-même. La grande pierre rose à droite, il avait été la chercher jusqu'au ruisseau en deçà du trécarré. L'autre, la grise qui avait un peu de rouille sur la longueur, il l'avait découverte le long de la montagne Aux Bleuets. Longtemps, le père Baron avait protesté que c'était du gaspillage. En fait, le foyer était monumental et le garçon y brûlait d'énormes bûches qu'il coupait lui-même. Maintenant, le père ne dirait plus rien. C'était Anselme, le maître de la maison. Thérèse regardait son jeune mari qui ne détournait pas un instant les yeux des flammes. Elle lui demanda, taquine :

— Qu'est-ce que tu vois de si beau dans le feu ?

— Je pourrais pas t'expliquer, mais je passerais des heures à regarder ça.

— Encore... qu'est-ce que tu vois ?

— Des affaires... merveilleuses, je peux pas t'expliquer.

Thérèse se blottit contre lui.

— On est ben ensemble, hein mon mari ?

Anselme, toujours le regard fixe, ajouta :

— On est ben... près du feu.

Que voyait-il, l'Anselme Baron dans ce jeu des flammes, ces flammes qui semblaient bien mener une attaque ? C'étaient d'abord des languettes bleues qui surgissaient d'entre les bûches, les morceaux d'arbres, d'écorces, des languettes de feu qui se promenaient le long de chaque pièce de bois et se rejoignaient, se mêlaient, les unes les autres, en faisant apparaître des couleurs changeantes : rouge, orangé, bleu, blanc, gris. Flammes qui s'évanouissaient brusquement, reprenaient plus bas, se multipliaient au centuple jusqu'à former une danse frénétique où passaient toutes les couleurs de l'arc-en-ciel. Non, Anselme ne pouvait pas expliquer à sa jeune épouse, parce qu'en plus, à travers cette sarabande flamboyante, il croyait discerner des formes, des formes diaphanes, à peine perceptibles et qui pourtant parfois se précisaient. Il voyait comme des chevelures rousses ou dorées, des bras blancs, des têtes hallucinantes de beauté, des corps multicolores et tatoués se mêlant à des déhanchements cadencés qui semaient en lui le trouble. Ils restèrent longtemps tous les deux enlacés, la dernière bûche se consumait, la braise ne jetait plus qu'un pâle éclat dans la pièce qui devenait froide. Thérèse s'était endormie. Alors, avec un soupir, Anselme se leva, alla vers le foyer, prit le tisonnier, remua la cendre et revint vers sa femme qu'il réveilla doucement en annonçant, sur un ton lugubre :

— Le feu est mort.

Thérèse le regarda d'un air vague. Elle ne paraissait pas comprendre. Il répéta :

— Le feu est mort !

— Pourquoi tu me dis ça sur un ton de même, comme si c'était quelqu'un qui était mort ?

Anselme eut un rire bête.

— Pour rien, viens-t'en, on va se coucher, ma Thérèse.

Tendrement enlacés, ils allèrent vers la grande chambre qu'ils allaient désormais occuper. Mais pourquoi Thérèse, encore dans les limbes de son premier sommeil, avait-elle la nette impression qu'ils n'étaient pas seuls éveillés dans la grande maison silencieuse ? Un démon s'était éveillé, celui que portait Anselme et que sa vieille maman avait deviné depuis longtemps.

Cinq mois passèrent. À la ferme Baron, tout semblait aller heureusement. Thérèse attendait un enfant. Elle se félicitait de la douceur que lui manifestait le grand gars qui était son mari et des attentions dont il savait, malgré son caractère fruste, l'entourer. Si bien que la jeune femme en avait presque oublié l'étrange impression que lui avait faite sa première soirée de retour de voyage de noces. L'été qui tirait à sa fin avait été magnifique, presque trop beau puisque les cultivateurs aux environs de Sainte-Clothilde se plaignaient de la sécheresse qui nuisait aux récoltes. Un peu partout dans la province, on déplorait aussi le fléau des feux de forêt qui exerçaient cette année-là des ravages avec plus d'intensité que jamais. Par contre, dans la région de Sainte-Clothilde, on se vantait avec fierté de ne pas avoir connu un seul fléau de ce genre depuis plus de quarante ans. Mais voilà-t-il pas que, depuis une semaine, chaque jour à son lever, Anselme, après s'être habillé rapidement, sortait sur le perron de la maison et allait renifler dehors en regardant du côté de la montagne. Il scrutait l'horizon et ses narines s'agitaient comme le museau d'un chien qui flaire une proie, puis il rentrait et déclarait :

— Ça sent le feu dehors.

Il ne disait pas : « Ça sent les feuilles brûlées » ou « Ça sent le bois qui charbonne », comme si le feu qu'il semblait déceler avait pour lui une odeur spéciale, à travers toutes les autres du matin clair. Sa mère répondait :

— Voyons, tu te trompes, Anselme.

— T'imagines ça, mon mari.

Lui, têtu, affirmait de nouveau :

— Ça sent le feu, je vous le dis, je connais ça.

Un beau matin, quand il sortit sur le perron pour regarder vers la montagne, il ne fut pas étonné de voir monter vers le ciel une colonne de fumée noire. Il revint enfiler sa veste et dit tout bonnement :

— Ça y est, le feu est pris dans le bois. Je saute dans le camion, je vais aller avertir au village.

— Oui, dépêche-toi.

— Mais tâche de revenir au plus vite.

Il était déjà parti, et le vieux père prétendit qu'on ne reverrait Anselme que lorsque ce feu-là serait éteint et bien éteint.

— Pourquoi dites-vous ça, beau-père ?

— Parce que je connais mon fils, le feu ça l'attire comme un aimant.

Fâchée, sa femme répliqua aussitôt :

— Tais-toi donc, en voilà une sottise.

Mais, bien innocemment, le père Baron était lancé, voyant que Thérèse s'intéressait à ce qu'il disait. Il raconta des anecdotes du passé. À l'âge de quatre ans, il avait surpris Anselme montant sur une chaise pour s'emparer des allumettes sur l'étagère près du gros poêle de la cuisine. Il l'avait sévèrement puni mais sans succès. Anselme avait continué à voler des allumettes qu'il cachait sous une grosse pierre près de la grange.

— Laisse donc ça mon vieux, tous les enfants sont espiègles.

Thérèse remarqua que la belle-mère était plus pâle et qu'elle tremblait un peu. Taquin, le vieux poursuivait en riant :

— Te souviens-tu quand Jérôme, l'aîné de nos gars, avait découvert la cachette du petit et l'avait dénoncé ? Anselme était si fâché que pour se venger de son frère, il mit le feu au poulailler dont Jérôme avait spécialement la garde. Malgré la forte punition qu'on lui avait imposée, Anselme avait pas pu s'empêcher d'ajouter avec un grand sourire : « J'aime ça le feu. »

— T'aurais dû le voir, ton mari, pendant des heures frotter des grosses pierres de silex l'une contre l'autre pour en tirer des étincelles. Quand l'automne venait et que les feuilles tombaient des arbres et jonchaient le sol, Anselme les réunissait en tas et les faisait brûler. Debout, un grand râteau à la main, une bêche à ses côtés, il regardait pendant des heures les flammes ronger leur proie ; et quand on lui disait : « Prends garde », il répondait toujours :

— Craignez pas, je surveille.

Et parfois, on l'entendait ajouter, comme se parlant à lui-même :

— C'est beau le feu, ça nettoie, ça purifie !

Cependant, malgré ces petites bizarreries, Anselme avait du bon, comme disait son père, beaucoup de bon. Les autres frères s'étaient mariés, ils avaient abandonné la ferme, mais lui était resté auprès de ses parents. Et lorsqu'il prit femme, il l'a prise au village. Il n'avait pas tort, un jour la ferme lui appartiendrait, et c'est là qu'il élèverait ses enfants dont le premier allait naître dans quelques mois. De toutes ces choses, le père d'Anselme parlait souvent devant sa belle-fille, si bien qu'une fois, restée seule avec sa belle-mère, Thérèse se décida à demander :

— C'est vrai tout ça, belle-mère ?

La brave femme hésita. Lentement, elle dit :

— Oui, c'est vrai ! C'est vrai Thérèse ! Appelle ça de la superstition si tu veux, mais depuis des années, depuis le temps où Anselme était tout petit, pour lui j'ai toujours eu peur du feu... J'ai toujours pensé que le feu lui porterait malheur.

— Lui porterait malheur ? Pourquoi ?

— À cause de ce que mon vieux te raconte souvent, et puis mon instinct me le dit. Astheure, mon fils c'est le père de l'enfant que tu attends. Alors c'est pour toutes ces raisons-là que je te demande de veiller sur lui...

Et voilà que Thérèse elle aussi devint songeuse et inquiète.

— J'espère, ma petite Thérèse, que tu ne me trouves pas trop folle ! C'est rien qu'à toi que je peux parler de même.

— C'est drôle pareil, avant mon mariage, il y en a qui ont prétendu qu'Anselme avait mis le feu à la maison des Desmeules.

— Je sais.

— Je l'ai défendu, j'ai dit qu'il était avec moi ce soir-là.

— T'as bien fait parce qu'il ne pouvait pas avoir fait ça mon garçon, mais quand même, tiens-le éloigné du feu.

Les deux femmes se regardaient, se comprenaient. Elles savaient qu'il restait un doute dans leur esprit quant à la culpabilité d'Anselme au sujet de l'incendie des Desmeules. Toutes deux étaient angoissées. Le bruit d'un camion approchant, elles allèrent jusqu'à la porte. Anselme en descendait, excité, nerveux ; il expliquait qu'il venait chercher des pelles et des pics, que le garde-feu avait réuni les hommes disponibles et fait hisser une pompe sur le camion. Et maintenant là-bas, sur la grand-route, un groupe important se dirigeait vers la forêt. Et voilà que le maire et le garde-feu arrivaient eux aussi. Thérèse sortit vivement. Elle leur cria :

— Mon mari ne pourra pas aller avec vous, on a trop besoin de lui ici.

Les autres protestèrent, tous les hommes devaient travailler. Comme le feu était parti là, il pouvait cerner le village. Mais Thérèse, têtue, reprenait :

— Non, Anselme n'ira pas, je ne veux pas qu'il y aille.

Et derrière elle paraît Anselme.

— Craignez pas les gars, je suis prêt, je vais avec vous.

Mais Thérèse, tournée vers lui :

— Non Anselme, je te le demande, vas-y pas !

Elle s'accroche à son bras, le retient. La vieille Mme Baron s'approche à son tour.

— Il faut que tu restes, Anselme, ton père a besoin de toi.

— Mon père ? Il est dans la grange, il vient de me dire qu'il nous accompagnait.

Alors Thérèse, oubliant qu'il y avait des témoins, se suspendit à son cou en criant :

— Écoute-moi, Anselme. Si tu m'aimes, tu vas rester ici.

— As-tu envie de me faire passer pour un lâche, ma femme ?

Il s'éloigne, chargé d'outils, rejoignant son camion et criant :

— C'est moi qui mène ici, venez-vous-en, tout le monde. Moi je connais ça un feu, je sais comment combattre ça.

Et il partit, conduisant à toute allure sur le chemin rocailleux menant vers la montagne. Le maire, qui avait pris place à ses côtés, un peu effrayé, lui dit :

— Aïe ! mon gars, prends pas l'épouvante ! Si tu nous tues tous les deux, ça aidera personne.

— Y'a le feu là-bas ! Vous savez comme ça va vite le feu...

Le maire comprenait la hâte d'Anselme. C'est un fait que si le vent tournait, la ferme des Baron serait la première la proie des flammes. Enfin, on s'arrêta pile au bout de la route. D'autres pompiers volontaires étaient déjà là, les attendant. Anselme sauta en bas de son camion, prit une pelle, laissant les autres se débrouiller pour transporter la pompe. Il partit devant et s'enfonça dans la forêt en leur criant :

— Faut prendre par ici.

Marchant vite, presque plié en deux pour ne pas se blesser aux branches des arbres, il allait comme un limier qui flaire une piste, en répétant toujours :

— Ça sent le feu, eh que ça sent donc le feu !

Il atteignit le sommet de la montagne et déboucha sur un escarpement qui formait une sorte de précipice. Posant sa pelle, il grimpa dans un arbre et de là-haut contempla la scène à la fois terrible et magnifique. Sur l'autre versant de la montagne, la forêt touffue de conifères flambait, répandant de tous côtés une fumée âcre. Au bout d'un instant, Anselme se laissa glisser le long du tronc, et s'agrippant aux saillies des rochers, après avoir repris sa pelle, il descendit dans le gouffre. Tout seul, il arriva à l'endroit du sinistre. Regardant sa pelle, il pensa qu'il n'avait rien pour combattre des flammes, et du reste il n'y tenait pas. Il alla aussi près qu'il pût du brasier. Il s'assit sur une souche et contempla fasciné le spectacle qu'il avait sous les yeux. Des tas de foyers d'incendie activés par le vent semblaient jaillir du sol avec de sourds crépitements. Çà et là les flammes couraient le long des racines, léchaient les troncs d'arbres, parvenaient aux premières branches et, en l'espace de quelques instants, un sapin d'un vert sombre devenait incandescent, tendant vers le ciel des bras qui semblaient se tordre en une supplication accompagnée de craquements et de plaintes. Cela durait peu, alors pendant un moment Anselme n'entendait plus que le pétillement doux des flammes apparemment calmées. Mais parfois un brandon se détachait d'un arbre enflammé et volait attaquer par la cime un pin ou un cèdre. Le spectacle reprenait en sens inverse. Anselme, les yeux agrandis, psalmodiait.

— C'est-tu beau, bon Dieu, c'est-tu beau !

Enfin, les autres le rejoignirent. Aussitôt, il prit sa pelle pour creuser un fossé. Pour éteindre l'incendie, il fallut tout de même trois jours et Anselme se dépensa sans compter. Le soir, à la maison, il racontait ce qu'il avait vu, et lui si peu loquace d'habitude trouvait pour décrire ces choses des mots qui faisaient l'étonnement de la famille. Il parut triste lorsque tout fut fini. Mais ses compagnons vinrent dire à quel point Anselme avait été précieux dans cette bataille qu'on venait de livrer et de gagner. D'un autre côté, Thérèse se rendait bien compte qu'Anselme n'oubliait pas qu'elle l'avait blessé dans son orgueil d'homme en public. Pendant un certain temps, il ne lui adressa presque plus la parole. C'est elle la première qui le questionna.

— Tu m'en veux Anselme, t'es fâché ?

Anselme quitta la chambre, descendit au salon et alluma un feu dans son foyer. Thérèse vint s'asseoir près de lui et crut qu'ils étaient vraiment réconciliés. Mais voilà que cette attisée dans l'âtre parut brusquement chétive à Anselme, à côté de ce qu'il avait admiré pendant trois jours. Au bout de quelque temps, il eut un bâillement.

— Viens-t'en, ma femme, on va se coucher.

Quelque temps plus tard, on signala un nouveau feu de forêt dans la région, puis un autre encore. Les alertes se succédaient à un rythme rapide, et toujours l'on venait chercher Anselme pour combattre le feu. Il s'était, dès la première fois, révélé un chef, et les hommes du village, tous engagés pour enrayer le fléau, lui obéissaient encore plus volontiers qu'au garde-feu lui-même. Cette nouvelle autorité dont il était investi avait transformé le jeune homme, et quand il partait, il avait peine à dissimuler sa joie. Il rentrait tard. Thérèse l'entendait faire ses adieux aux camarades et rentrer lourdement jusqu'à la chambre conjugale. Il se dévêtait dans l'obscurité, puis se glissait sous les draps. Alors, elle lui demandait :

— Il est tard. Tu dois avoir faim Anselme. Tu veux que j'aille te préparer quelque chose à manger ?

En bâillant, l'homme répondait :

— Non, j'ai besoin de rien. J'ai ben travaillé. Je suis content. C'était un beau feu.

Il était fourbu, recru de fatigue, et s'endormait aussitôt, tandis que sa petite femme mettait des heures à trouver le sommeil. Elle pensait : « Il est toujours parti, toujours loin de moi, et pourtant il n'a pas l'air malheureux. C'est peut-être qu'il ne m'aime plus, et ça ne fait pas un an qu'on est mariés. » De son côté, la vieille Mme Baron n'était pas plus heureuse que sa belle-fille et voyait bien le chagrin de cette dernière.

— C'est mauvais pour une femme dans ton état. Faut le retenir ici, Thérèse. Faut tout faire pour le retenir.

Un soir, Thérèse comprit qu'elle ne pouvait plus souffrir en silence, qu'il fallait qu'elle parle à son mari. Elle attendit un moment où elle fut seule avec lui.

— Anselme, ça ne peut pas durer comme ça, ça va mal tourner.

— Qu'est-ce qui te prend, ma femme ?

— Il me prend que je n'en peux plus de te voir toujours parti. Je veux que tu restes avec moi.

— C'est une année à feux de forêt, qu'est-ce que tu veux, il faut que je fasse mon devoir !

— Ton devoir, tu l'as fait ben des fois. Laisse faire les autres, astheure.

— Je ne peux pas, il faut que j'aille avec les autres, devant les autres, je suis leur chef astheure.

— C'est pas toi le garde-feu.

— Je te dis quand même que je suis leur chef parce que je connais ça le feu, je sais où trouver le feu.

— Pourquoi tu parles toujours du feu comme tu parlerais, ma foi, du Bon Dieu... ou d'une autre femme.

Étonné, Anselme regarda sa femme dans les yeux.

— Qu'est-ce que tu veux dire, Thérèse ?

— C'est pas naturel, je te dis. Quand tu parles du feu, on dirait que c'est une vraie passion pour toi le feu. T'es pareil comme si tu parlais d'amour.

— T'as dit une passion... Ça se peut peut-être ben !

— Anselme, tu vois ben que j'ai raison d'être jalouse, d'être inquiète.

Avec un grand rire, le garçon riposta :

— T'es jalouse du feu, ma parole.

— Ben sûr que je suis jalouse du feu. Les flammes, c'est comme des rivales pour moi. Si tu veux savoir, je déteste le feu.

Anselme la prit contre lui, lui caressa les cheveux.

— T'es folle, ma femme. Pense plus à des folleries de même !

— Tu dis que je suis folle, hein ! Mais il y a des jours où je me demande si c'est pas toi qui serais fou.

Terrible, Anselme se recula.

— Qu'est-ce que tu dis ?

Alors, tout d'une traite, sans plus réfléchir, la jeune femme riposta :

— Penses-tu que je n'ai pas compris ?

— Compris quoi ?

— Au village, l'incendie avant notre mariage, j'ai menti pour te sauver, mais c'était toi qui avais...

Anselme se rapprocha, la prit aux épaules.

— C'était moi quoi ?

— Il y a des fois où je me demande si les autres feux aussi... Tu te feras prendre, Anselme, et ça sera effrayant !

Anselme la repoussa violemment.

— Veux-tu te taire ?

Les poings serrés, il ajouta :

— Si je ne me retenais pas...

— Anselme, pense au moins à notre petit.

— Crains pas, je ne te toucherai pas, je ne te toucherai plus, tu peux me croire.

Comme frappée de stupeur, Thérèse, tremblante, ajouta :

— Anselme, pardonne-moi, je ne savais pas ce que je disais. C'est pas vrai. Tu sais ben que je pensais pas ça. Anselme, dis-moi que tu me pardonnes.

Elle pleurait à gros sanglots.

— Pardonne-moi même si tu ne m'aimes plus.

Alors, d'un coup, la colère de l'homme tomba. Attendri, il se rapprocha de la jeune femme écroulée :

— Pauvre Thérèse... pauvre petite femme, tu sais ben que je t'aime encore, tu sais ben que je tiens à toi, puis à lui.

D'une main douce, il caressa le ventre de Thérèse.

— Oh, Anselme, je t'aime ! je t'aime tellement ! Ça fait si longtemps que tu ne m'as pas parlé de même, que tu ne m'as pas prise dans tes bras.

— En effet.

Anselme l'avait prise contre lui, la caressait, la serrait très fort.

— Tracasse-toi plus, Thérèse, tracasse-toi avec rien.

— On serait si heureux si tu voulais.

— Mais je suis heureux, Thérèse !

Alors, s'enhardissant, la jeune femme, après un baiser, ajouta :

— Si tu veux me voir heureuse, complètement heureuse moi aussi, promets-moi de ne plus y aller au feu.

Alors, lentement, avec un grand calme, l'homme reprit :

— T'as raison, ça serait mieux... J'irai plus, t'entends ben là, Thérèse, j'irai plus... Toute la forêt pourra brûler que j'irai plus. C'est promis, Thérèse.

À partir de ce jour, Anselme n'accompagna plus ses anciens camarades. Il s'occupait de la ferme. Il partait souvent avec le camion pour aller au village ou encore à Rawdon. Et parfois, quand il revenait, il voyait passer ses autres compagnons qui allaient dans la forêt, où les feux cette année-là continuaient à faire rage. Avec un regret qu'il cherchait à cacher, il les regardait s'éloigner. Dans ce temps-là, toujours Thérèse accourait.

— Tu rentres, Anselme ?

Alors, il se détournait, allait vers elle.

— J'arrive !

Puis, il approchait.

— Si un bon jour, le feu se rapprochait trop de la maison et que je ne sois pas icitte, faudrait que tu penses à te sauver avec les vieux. Quand je ne suis pas là, le feu, tu comprends, ils ont de la misère à le maîtriser.

Compréhensive quand Anselme avait cet air étrange, Thérèse prenait bien garde de ne rien lui dire qui puisse rappeler de trop cuisants souvenirs. Elle s'était reprise à espérer. Puisque, malgré ses courtes absences, son homme restait près d'elle, il ne fallait pas qu'elle renote toujours les mêmes choses. Quelques semaines passèrent encore. On atteignait la fin octobre et l'époque des grands feux de forêt allait passer. Thérèse cousait jusqu'à très tard le soir pour préparer la layette. Le trousseau serait bien garni. Mais voilà t'y pas qu'une nuit, en se tournant dans son lit, elle eut dans son sommeil l'impression qu'il manquait une présence à ses côtés. Elle se réveilla en sursaut, alluma et constata que, de fait, elle était seule dans la pièce. Déjà, à l'extérieur, on entendait le bruit du camion qui démarrait. Thérèse dévala l'escalier, parvint à la fenêtre de la salle juste à temps pour voir Anselme au volant du véhicule. Elle ouvrit la fenêtre et cria de toutes ses forces :

— Anselme, où est-ce que tu vas ? Anselme, pars pas !

Déjà le camion était loin. Il filait dans le chemin rocailleux qui menait à la montagne, à la forêt. Thérèse courut à la porte, alla jusqu'au chemin et commença la montée rocailleuse, comme s'il lui était possible de rejoindre l'engin dont le bruit du moteur s'éloignait de plus en plus. C'est alors que Mme Baron, sa belle-mère, la rejoignit.

— T'es folle, Thérèse, tu vas te faire du mal. Dans ton état...

— Faut prévenir les voisins, qu'ils aillent après Anselme avec leurs autos.

Rude, la mère d'Anselme lui saisit le bras, la figeant sur place :

— Qu'est-ce que tu veux leur dire aux voisins ? Que tu crains que ton mari mette le feu à la forêt, comme à son habitude... Tu veux qu'Anselme aille en prison ? Arrête, ma fille, ton beau-père s'habille, il va aller chercher notre fils.

Thérèse se débat, veut continuer sa course.

— Ça m'est égal, tant pis si on sait tout. Anselme sera puni, mais moi je ne peux plus endurer cette vie-là, j'ai trop peur, et ma foi s'il est arrêté, dans quelques années il sortira de prison et je l'aurai enfin à moi.

Le père d'Anselme est là, près des femmes. Lui aussi, il se dirige vers la maison des Landry.

— Je vais demander à Landry de me mener auprès d'Anselme.

Désespérée, Mme Baron crie à nouveau :

— Fais pas ça, mon homme, Landry va se demander pourquoi on a peur de même...

À quelques kilomètres de là, Anselme avait garé le *pick-up*. La route n'allait pas plus haut, il fallait prendre le sentier. Avant de quitter son siège, l'homme saisit un paquet de journaux posé à ses côtés. Maintenant, haletant, les yeux fous, il courait à travers les arbres pour rejoindre la corniche surplombant la crevasse. Enfin, il s'arrête, pose le paquet de papiers. Avec quelques feuilles roulées, il se fait une torche qu'il allume à son briquet, puis cette fois, calmement, il va d'un sapin à l'autre, les allumant, semant les flammes dans leurs ramures. Deux fois, trois fois, dix fois, il renouvelle ses torches improvisées, éclairant la nuit froide. Le long de la descente, le feu se propage, vite, presque méthodiquement. Alors, Anselme, à bout de souffle, s'assit sur un rocher et contempla son œuvre. Il faisait clair, clair comme en plein jour. La chaleur qui montait du foyer incandescent rougissait les joues de l'obsédé. Tandis que le ronflement des flammes emplissait la nuit. Anselme crut entendre, très loin, des voix... mais si loin, si diluées :

— C'est rien... c'est le feu... le beau feu qui pétille. Jamais je n'en ai vu un plus beau.

— Anselme... mon gars... où es-tu ?

Attisé par un vent d'automne, l'incendie s'étendait à une vitesse folle. La tête de l'homme halluciné dodelinait doucement. Les formes imaginées dans l'âtre de sa maison, il les retrouvait ici. Des femmes géantes dansaient pour lui un délirant ballet. Gracieuses malgré leur énormité, elles formaient de bouleversantes figures en un chassé-croisé funambulesque. Il était captivé par les haletantes visions des flammes déferlant à ses pieds. C'était comme une formidable chevauchée d'amazones translucides. Très loin pourtant, se déplaçant, les voix étaient plus distinctes.

— Anselme... mon garçon...

— Anselme, où es-tu ?

Il était un peintre qui bariolait le ciel de traits de lumière. Il était un magicien qui faisait surgir un soleil des profondeurs de la nuit et qui livrait toute la montagne aux jeux de ses sortilèges.

— Je le vois... Regardez-le, là-haut !

— Anselme, reste pas là, il y a du feu partout autour de toi.

Il était un dieu qui commandait aux éléments, qui commandait au feu ! Pourtant, un moment vint où il sentit qu'il aurait dû fuir. Instinctivement, il sut que le spectacle avait assez duré pour lui, que ses yeux s'en étaient suffisamment repus, mais il restait là, comme pétrifié.

— C'est beau... c'est trop beau !

Un groupe se rapprochait, des hommes, le père et la mère d'Anselme, sa femme. Des formes surgissaient de partout, mais déjà les flammes encerclaient le rocher sur lequel s'était réfugié Anselme. Maintenant, l'homme entendait distinctement, reconnaissait des voix. Alors, s'agrippant, il se dressa, debout sur le roc, et entendit la voix désespérée de son père.

— Anselme, va vers la droite, t'as encore une chance, va, mon gars.

On crut un instant qu'il allait obéir. Mais non, il recula, pris de peur en voyant tous ces visages qui lui apparaissaient par intermittence à travers les flammes. La voix de Thérèse lui parvint encore :

— Anselme, Anselme, mon mari !

Dressé, l'homme paraissait immense. Il tendit les bras, voulut se tourner, et alors, à travers le fracas des flammes, le craquement des arbres, on entendit un hurlement inhumain. Les gens restés sur le bout de sentier en gravier se penchèrent et virent avec stupeur un corps qui descendait en tournoyant vers l'atroce fournaise.

Même aujourd'hui, quand par hasard on rencontre Thérèse et son enfant, il faut faire mine de ne plus se souvenir de ces choses. Elle va souvent à l'église prier et revient réconforter ses beaux-parents. Souvent, elle murmure :

— Dieu lui a pardonné. C'était une manière de folie qui possédait mon Anselme.

Les vieux prétendent que l'envoûté rôde toujours aux environs de Sainte-Clothilde. Ils affirment que c'est lui qui suggère aux campeurs, aux pêcheurs, aux chasseurs, de mal éteindre leur feu, de jeter au hasard des allumettes enflammées, de lancer par la fenêtre de leurs autos des mégots en combustion. Et lorsqu'un feu de forêt est signalé dans la région, ils disent : « C'est l'envoûté qui rôde par chez nous. »

LE FILON

Cela se passa là-bas, vers le nord-ouest du Québec, du côté de l'Abitibi, là où s'était établi Guillaume Marchessault, un bon défricheur, un vrai descendant de ceux qui livrèrent bataille à la forêt et la forcèrent à céder un peu de place aux hommes. Pendant des années, il avait bûché dur, abattu des centaines d'arbres. Avec ses grands fils, il avait su vaincre la misère et rendre le sol productif. Ils étaient cinq gars. Cinq gaillards ! Bons bras, bonnes fourchettes. Parmi les cinq, Rosaire était moins vif d'esprit que les autres. On l'appelait Tête-Vide. C'est lui qui, le premier, hache sur l'épaule, accompagnait son père, le matin. Il trimait tout le jour. Et le soir, il était le dernier à revenir à la maison : toujours à cause du travail.

Les débuts furent pénibles pour les Marchessault. Avec reconnaissance, ils acceptaient les colis, les meubles que des gens envoyaient aux colons. Mais, depuis peu, les choses allaient mieux : on laissait les colis aux moins fortunés. Guillaume Marchessault avait maintenant sa ferme, une belle ferme, pas riche mais bien tenue. Et il possédait de quoi établir ses enfants : une terre à bois magnifique, là-bas, derrière, à perte de vue. Quand une partie en serait défrichée, essouchée, on pourrait y construire d'autres fermes, et avoir encore suffisamment de terre à bois. Le pays est grand.

Personne ne songeait à se plaindre : la vie était bonne. Le soir, lorsque Guillaume revenait au foyer, qu'il s'asseyait sur sa chaise, toujours à la même place dans la grande pièce, il pensait au chemin parcouru en quelques années et se disait : « J'suis un chanceux ! » Et après avoir fumé une bonne pipée, parfois deux, il allait faire sa prière et se coucher. Il coulait à pic dans le sommeil :

il touchait le fond et y restait. Il ne rêvait presque jamais, mais s'il rêvait, c'était divertissant : ça n'ajoutait pas à sa fatigue. Une seule fois, il avait eu un cauchemar : sa ferme brûlait. Tout son bien brûlait ! Réveillé en sursaut, il s'était jeté à bas de son lit, écoutant les bruits familiers. La mère dormait paisiblement à son côté. Dans l'autre pièce, au dortoir comme on disait, les cinq gars ronflaient en cadence. La nuit était calme. Aucune lueur étrange dans le ciel. Guillaume s'était recouché et rendormi aussitôt. Il y avait de cela longtemps. Et ça ne s'était jamais reproduit. Donc, Guillaume Marchessault, sa femme et ses fils, même Tête-Vide, étaient heureux.

Mais un jour, Guillaume dit à sa femme :

— Si je creusais un puits ?

Et c'est ça qui provoqua la catastrophe.

— Un puits ? Pourquoi faire ? On a la source !

— Ça serait mieux un puits près de la maison, la source est loin.

Quand Guillaume Marchessault décidait quelque chose, inutile de discuter avec lui. Après un silence, il ajouta :

— Demain, on commencera le puits.

Et pendant que le père posait sa deuxième pipe, Tête-Vide répéta à ses frères :

— Demain le puits !

Ils s'attelèrent à la tâche.

— Penses-tu qu'on va trouver de l'eau icitte, son père ? demanda l'aîné.

Il reçut pour toute réponse : « Creuse ! » « Creuse ! » reprit Tête-Vide qui creusait plus fort que les autres. Le trou devenait énorme. Mais ils n'atteignaient pas l'eau. Avec acharnement, la besogne fut poursuivie jusqu'à ce qu'on touchât le roc. Alors, l'aîné s'écria :

— C'est de la roche, son père.

Le père lui lança un outil :

— Pioche !

Le roc vola. Les éclats détachés étaient remontés dans deux seaux fixés l'un à chaque bout d'une corde glissant sur une poulie. Le premier plein et ramené à la surface, l'autre arrivait en bas et on le remplissait. Mais Tête-Vide avait beau piocher, l'aîné remplir les seaux et le père les vider pendant que les trois autres garçons s'occupaient des travaux de la ferme, l'eau ne venait toujours pas.

Les voisins, encore qu'éloignés, s'intéressaient vaguement au puits quand ils passaient en voiture sur le chemin de terre :

« Tiens, Guillaume creuse un puits ! » se dirent-ils tout bonnement. Mais quelque temps plus tard, refaisant la même route et voyant l'imposant tas de cailloux, ils arrêtèrent pour jeter un coup d'œil de plus près. La fosse était bien profonde, et Tête-Vide paraissait s'être rapetissé tant il était loin, au fond du trou. La semaine suivante, apercevant l'amas de pierres et de poussière de roc, ils continuèrent leur chemin pour que Guillaume ne les voie pas rire. « On pourra entasser, les uns par-dessus les autres, tous les morts du canton dans son puits, mais on n'y trouvera pas d'eau, ça m'a tout l'air ! » Ainsi s'était-on moqué de Guillaume. Et lorsque, à son tour, il dut aller au village, il se rendit bientôt compte qu'il était un objet de risée. Quelques-uns lui demandaient, les yeux brillants de malice : « Ça marche le puits ? » Il répondait : « Ça s'en vient tranquillement » et, têtu, il retournait à la maison, plus décidé que jamais à poursuivre ses travaux.

Un bel après-midi, vers quatre heures, Tête-Vide regarda d'un air étonné Arthur, son frère aîné. Le seau au fond de la fosse était plein, mais là-haut Guillaume ne semblait pas pressé de tirer sur la corde. Arthur lança :

— Qu'est-ce que t'attends, son père, pour nous renvoyer l'autre chaudière ? Tire su'le câble !

— Ouais, tire su'le câble ! répéta Tête-Vide.

Mais Guillaume ne répondait pas. Le câble ne bougeait pas. Alors, Arthur s'inquiéta :

— Son père ?

Tête-Vide, affolé par le silence qui se prolongeait, poussa un hurlement, un vrai cri de bête :

— Son père !

Et Guillaume, placide :

— Attendez une minute, je r'garde quèque chose.

Après un moment, le premier seau descendit pendant que le second remontait. Les deux frères remplirent celui-là, mais Guillaume recommençait le même manège.

— Envoye la chaudière, son père !

Pas de réponse. Puis, tout à coup, la voix de Guillaume, stridente, impérieuse :

— Montez icitte, tous les deux ! Vite, montez !

Il appelait aussi ses autres fils, qui arrivèrent au moment où Arthur et Tête-Vide s'extirpaient du sol. Tous sentirent que quelque chose d'anormal, de grave, se passait. Ils entouraient le père, le questionnaient. Guillaume leur montra un morceau de roc :

— Qu'est-ce que vous pensez que c'est ?

Les uns après les autres, ils examinèrent le caillou, n'y voyant rien de particulier. Guillaume, presque en colère, reprit la pierre et indiquant avec son gros doigt une strie jaunâtre qui la traversait :

— Ça, ça ! Qu'est-ce que c'est ?

L'aîné, craignant les moqueries, dit sans trop d'assurance :

— Ça serait pas... de l'or ?

Les autres se turent, attendant le verdict du père. Alors, Guillaume, baissant la voix :

— Moi, je l'pense !

— De l'or !

De nouveau, la pierre circula de main en main.

— Si c'en était, on serait riches, peut-êt' ben !

Guillaume leva un index menaçant :

— En tout cas, pas un mot à personne, pas même à la mère. Pour le coup qu'on s'tromperait...

« À personne ! » répéta Tête-Vide, qui étendit la main droite et cracha à terre pour bien montrer qu'il jurait de se taire.

— Faudrait voir aussi à éloigner les curieux. Continuez à creuser vous autres.

L'aîné et Tête-Vide redescendirent dans la fosse et, de nouveau, ils trouvèrent des pièces de roc qui se distinguaient des autres, qu'ils regardaient avec respect, avec vénération, parce qu'elles portaient une petite marque jaune qui brillait au soleil.

Ce soir-là, à la maison, personne ne dormit, sauf la mère, qui ne savait rien. Au matin, Guillaume prit à part l'aîné :

— Faut que j'voye un homme de loi. J'monte au village parler au notaire.

— Prends garde de pas te faire voler ton affaire, répondit Arthur.

Apercevant Tête-Vide tout près, il ajouta :

— Emmène Rosaire avec toi. On le r'doutera pas, lui, pis ça t'fera un témoin.

Tête-Vide accompagna donc son père chez l'homme de loi devant qui Guillaume sortit de sa poche le précieux caillou. Le notaire l'examina soigneusement, puis se déclara incapable d'affirmer qu'il contenait de l'or. Mais il pouvait agencer une consultation avec un expert qui les renseignerait. Guillaume accepta. Et avec Tête-Vide, il rentra chez lui, soucieux.

Quelque temps plus tard, en grand secret, l'expert vint, flanqué du notaire. Il examina à la loupe d'autres cailloux soigneusement mis de côté. Oui, il y avait peut-être un peu d'or sous la terre de Guillaume. Il donnerait de ses nouvelles. Un autre jour, un étranger se présenta chez Guillaume. Il avait reçu communication de l'expert et approchait Guillaume pour lui rendre service, pour lui expliquer comment procéder dans ces sortes d'affaires s'il en avait les moyens. Guillaume pouvait exploiter lui-même son filon, mais cette exploitation coûtait cher. Guillaume pouvait se libérer du tracas de trouver les fonds nécessaires, en vendant sa terre un bon prix à la compagnie que représentait l'étranger, un bon prix, mais non pas une fortune. Il fallait s'entendre et tenir compte des risques... Guillaume promit de réfléchir.

En quittant Marchessault, l'étranger s'excusa auprès du notaire et alla seul rendre visite au colon voisin. À ce brave homme, il parla des déboires de la vie du défricheur et offrit d'un air détaché d'acheter son lot. C'était un homme retors. Mais le voisin lui apprit que la veille, il avait vendu son bien au notaire. L'étranger songea que l'homme de loi était très avisé de savoir si fidèlement garder le secret professionnel.

Pendant ce temps, Guillaume consultait ses fils, puis la mère à qui il fallut se résigner à tout dire, parce qu'elle s'inquiétait de ces mystérieuses visites. Tête-Vide répondit sans hésiter :

— Vends pas la terre, son père !

Il tremblait de tous ses membres et ses yeux étaient pleins de larmes. Mais ses frères ne se préoccupaient pas de lui.

— On connaît pas ça, les mines, nous autres !

— Demande un bon prix, pis vends, son père. On s'ra plus des quêteux !

Le soir même, l'affaire fut bâclée. Le notaire dressa l'acte de vente où Guillaume fit sa croix. Un délai de un mois était accordé aux Marchessault pour abandonner la maison, les champs et la terre à bois. Mais ils étaient riches ! Enfin, presque riches. Et ils gagneraient encore beaucoup d'argent puisque la compagnie offrait d'employer Guillaume et ses fils, de leur enseigner le métier de mineurs. Guillaume souriait. Personne ne pourrait dire qu'il s'était fait rouler ! Il serra chaleureusement la main du notaire ; la mère fit de même et quatre des fils aussi. Tête-Vide, lui, sortit le dernier, sans saluer, et fit claquer la porte. Le notaire n'en fut pas ému : il extrayait d'autres documents d'un dossier. Cinq minutes plus tard, il avait, pour le double du prix de la terre des Marchessault, revendu à la compagnie le bien de leur voisin.

La nouvelle de la chance de Guillaume se répandit avant même qu'il allât s'installer au village où il acheta une grande maison. Il triomphait : « Ça marche, le puits ! » criait-il à tous ceux qui s'étaient gaussés de lui. Et ceux-là ne riaient plus. Tous les fils, sauf Rosaire, marchaient tête haute, sur le trottoir de bois, balançaient plus fort leurs bras pour bien montrer que leurs vêtements ne les gênaient pas aux entournures.

Le dimanche, pendant la messe, Guillaume, fièrement, donnait plus que les autres à la quête. Il était considéré. Plusieurs l'appelaient « monsieur Marchessault » et n'osaient plus le tutoyer.

Mais un soir, devant le magasin général, l'ancien voisin devenu petit rentier fit à Guillaume une scène terrible. Il s'était attardé à la buvette qu'on venait d'ouvrir. Lui, si paisible d'ordinaire, avait les pommettes rouges, le cou violet et criait de toute la force de ses poumons :

— Si tu m'avais averti, en bon voisin, de ta trouvaille, Guillaume, j'aurais pas vendu mon lot pour si peu au notaire. J'serais aussi riche que toi !

Guillaume ne broncha pas. D'un geste, il arrêta Tête-Vide qui voulait se battre. Mais il sentit que d'autres lui en voulaient parce que leurs terres avaient également été rachetées pendant qu'il gardait son secret. Cependant, ils surent se venger de lui facilement. Ils lui dirent : « Ça nous est bien égal, au fond, parce que tu t'es fait voler, toi 'si. C'est toute une mine que t'as vendue pour le prix d'un filon ! »

Et ce soir-là, Guillaume, avec Tête-Vide, alla revoir l'endroit qu'il avait défriché. Des échafaudages, des bocards, des trépans, des trenails, des machines de toutes sortes gisaient là comme des monstres au repos s'apprêtant à dévorer le sol, à ouvrir les entrailles de la terre, à la déchiqueter.

Le ver planté dans le cerveau de Guillaume le rongeait de plus en plus. Une voix lui répétait constamment : « Tu t'es fait voler, Guillaume ! »

Le village grossit. Les nouveaux citoyens affluaient de partout : des hommes d'affaires, des banquiers, des hôteliers, des marchands, des ingénieurs, des mineurs, des fournisseurs, des vendeurs de tout acabit et des costauds à tête de forçat. Bientôt arrivèrent les filles.

À la mine, des travaux gigantesques se poursuivaient. Tête-Vide et ses frères avaient pris place parmi les mineurs. Guillaume, lui, n'avait pas pu. Quelques mois plus tôt, il était encore solide. D'un coup, il était devenu un vieillard, toujours fourré chez le médecin pour se plaindre de ses maux d'estomac. Il ne se rendait plus jusqu'au chantier. Il lui suffisait d'être assourdi toute la journée par le tonnerre des décharges de dynamite. À travers le fracas lointain des machines, il croyait entendre la voix qui lui criait : « Tu t'es fait voler, Guillaume. » Alors, il s'arrêtait chez le docteur pour redemander des pilules.

Un jour de paye, Tête-Vide, en ligne avec les autres, allait chercher son gain, lorsqu'il surprit Arthur répondant d'un signe à une fille qui rôdait aux alentours. Rosaire se cacha, attendit. Un moment plus tard, il regarda son aîné s'éloigner avec l'enjôleuse. Il s'habitua peu à peu à rentrer seul à la maison pendant que ses frères restaient à la taverne. Il partageait le chagrin de la mère, qu'il rassurait tant bien que mal. Et la mère souriait tristement à son grand « pas fin ». Une nuit, il se réveilla brusquement : quelqu'un marchait au salon. Quittant sa chambre — chacun avait sa chambre maintenant — il descendit et trouva son père installé dans un fauteuil, fumant un cigare dans l'obscurité. Un rayon de lune se reflétait sur la grisaille de ses cheveux. Tête-Vide demanda :

— Quoi c'est qui va pas, son père ?

— J'peux pas dormir. Je jongle ! répondit simplement Guillaume.

Deux mois plus tard, le village comptait son premier meurtre. Tête-Vide assista à l'arrestation de l'assassin, pincé au moment où il prenait le train. Il prit congé à la mine, pour assister à toutes les séances du procès de l'homme qui avait tué pour avoir de l'or. Un an plus tôt, il n'aurait pas fait de mal à une mouche ce gars qui maintenant était condamné à la pendaison. Tête-Vide, retournant au village, imaginait le gibet, le cadavre dodinant lentement au bout de la corde, comme les chaudières qu'on avait remontées du puits, oscillant dans le petit matin et tenant dans sa main inerte un caillou veinulé de jaune, un caillou qui, dans la balance qu'est une conscience d'homme, avait un instant pesé aussi lourd qu'une vie humaine. En rentrant, il refusa de manger et alla se jeter sur son lit. Dans le tamis de son cerveau, il ressassa ces événements. Et Tête-Vide se fâcha tout noir.

— Faut que ça cesse !

Il écouta, fasciné, le chant de l'engoulevent qui semblait participer à sa colère et vint presque sous sa fenêtre jeter son cri : « Bois pourri, bois pourri, bois pourri ! » Mais Tête-Vide entendait ce soir-là : « Tas d'pourris, tas d'pourris, tas d'pourris ! » « Cet oiseau-là a raison », pensa-t-il. Il fallait nettoyer cette pourriture. Il s'en chargerait, lui.

Il prit l'habitude d'aller, le soir, causer avec les gardiens de la mine. Il leur apportait des cadeaux : un cigare du père, une bouteille de vin ou d'alcool. Les veilleurs de nuit crurent s'apercevoir que de la dynamite disparaissait, mais ils ne s'alarmèrent pas outre mesure. Ils attendraient pour rapporter la chose à la compagnie : ça pouvait être une erreur. Cependant, ils redoubleraient de vigilance. Mais qui donc se serait méfié de Tête-Vide ?

Le moment venu d'exécuter son plan, Tête-Vide s'enferma dans sa chambre. Sur une feuille arrachée au calendrier, il griffonna avec difficulté quelques mots et glissa la feuille dans sa poche, puis il descendit. Toute la famille était réunie dans la grande salle. La mère se berçait en tricotant ; le père, chaussures enlevées, fumait un cigare en face d'elle. Les quatre frères jouaient aux cartes. Tête-Vide voulut filer tout droit, mais la mère lui dit, sans lever la tête :

— Où c'est que tu vas, mon Rosaire ?

Il s'arrêta.

— Je m'en vas faire un tour.

— Reviens pas trop tard.

Il s'approcha d'elle.

— Non, craignez pas, sa mère.

Il se pencha sur la vieille femme et mit un baiser sur ses cheveux.

— T'es ben caressant à soir. C'est pas souvent que tu me gâtes de même, lui dit sa mère en le regardant, attendrie.

— Je reprends le temps perdu, répondit-il.

Puis il sortit en disant :

— Salut !

— Salut, marmonnèrent les frères, le nez sur leurs cartes.

Le père sursauta quand la porte claqua. Il somnolait dans son fauteuil. Tête-Vide s'éloigna dans la nuit, du côté de la mine. À son arrivée, selon sa coutume, il bavarda avec les gardiens. Il ne leur avait rien apporté, mais il offrit de les remplacer pendant qu'ils iraient à la taverne boire un coup à sa santé. Ça ne se saurait pas. Les gardiens discutèrent ensemble à voix basse, puis acceptèrent. Ils ne seraient pas longtemps absents. « Oh ! prenez votre temps, les gars ! » leur dit Rosaire.

Dès qu'ils furent partis, Tête-Vide se précipita vers sa cachette, s'empara de la dynamite et descendit au fond de la mine. Il prépara plusieurs charges où il inséra de bonnes mèches bien longues qu'il alluma les unes après les autres, en courant, parce qu'il fallait se dépêcher. Et il remonta.

Toute la ville — c'était maintenant une ville plutôt qu'un village — toute la ville trembla. Jamais encore on n'avait entendu une telle détonation, ni ressenti une pareille secousse. L'alarme fut donnée.

Une véritable cohue s'ensuivit, une course vers la mine. La multitude grossissait de minute en minute. Guillaume et ses quatre gars étaient là, parmi les autres. Mais personne n'osait aller trop près au cas où ça sauterait de nouveau. Les gens attendaient en faisant des commentaires sur la série d'explosions. Et Guillaume commençait à s'inquiéter de ne pas apercevoir Tête-Vide dans la foule. Enfin, ils purent approcher, mesurer les dégâts. Certains disaient : « C'est épouvantable ! » Les autorités de la compagnie qui avaient mieux vu et qui s'y connaissaient proclamaient : « C'est affreux ! » mais elles pensaient « Les dommages sont insignifiants ! »

Sous des débris, on trouva Tête-Vide. Il avait été horriblement broyé, mais son visage était intact. Il souriait. En attendant le coroner, Guillaume s'approcha du cadavre. Comme les autres, il croyait à un accident. Mais, dans une poche du veston de Tête-Vide, il trouva la feuille du calendrier. Alors, il comprit et alla honteusement avouer aux autorités de la compagnie le crime de son gars. Il répétait en hochant la tête : « Qu'est-ce qui lui a pris ? Qu'est-ce qui lui a pris à mon gars ? »

Les propriétaires de la mine se montrèrent magnanimes. Ils conseillèrent à Guillaume d'étouffer l'affaire. Pourquoi créer un scandale ? La mère pleura beaucoup Tête-Vide et dans son missel, à la page de l'Évangile où il est écrit qu'il est plus difficile à un riche d'entrer dans le royaume des cieux qu'à un chameau de passer par le chas d'une aiguille, elle plaça la feuille de calendrier à demi brûlée où cependant on pouvait lire encore une phrase naïve grossièrement tracée par son fils : « L'or, c'est le malheur. »

Le lendemain, à la mine, les travaux reprenaient.

TEMPÊTE

En tirant sur la ficelle, Laurier Dupuis prit garde de ne rien déranger de l'étalage de boîtes de conserves et de pancartes publicitaires qui ornaient la vitrine. Le store levé, la lumière pénétra dans la place. Laurier jeta un coup d'œil vers l'horloge placée sous le crucifix de plâtre derrière le grand comptoir : il était sept heures moins vingt. Il alla ouvrir la porte. Une odeur d'huile, d'eau, de charbon et de poussière de blé se mêla aux relents d'épices, de biscuits et de bonbons. Laurier s'assit sur la marche donnant sur le trottoir. La rue était déserte. Les camions n'y circulaient guère à cet endroit, entre la rue Notre-Dame et les rails du chemin de fer, en bordure du grand fleuve. Pour se rendre aux entrepôts et aux navires, les mastodontes empruntaient plutôt le boulevard, plus à l'ouest. Laurier tourna la tête du côté du fleuve et vit qu'un cargo était entré au port pendant la nuit.

Le soleil semblait émerger du Saint-Laurent derrière ce cargo qui bouchait l'horizon. Une brise apportait une senteur de printemps caractéristique. Laurier resta un instant, le nez haut, à flairer le vent. Il reconnaissait cette journée où plus qu'en aucun temps de l'année, l'odeur des bourgeons embaume l'atmosphère.

Des souvenirs affluèrent à sa mémoire. Il crut revoir le coin de terre qu'il avait quitté pour venir s'installer à Montréal. Brusque vision à laquelle il refusa de s'attarder. Mais il avait beau faire mine d'oublier ses origines, tout, dans ses gestes, dans son allure, rappelait ses antécédents de terrien. Malgré un hiver passé loin du soleil dans son restaurant, sa peau restait brune. Il portait une chemise de finette grise dont le col, largement ouvert, laissait apercevoir une nuque sanguine. Son pantalon luisant de serge bleue était retenu par une corde qu'il avait nouée autour de ses reins en guise de ceinture. Ses cheveux très noirs ondulaient légèrement. Ses yeux gris-vert se voilaient de rêve quand il était silencieux comme en ce moment. Ses souliers étaient éculés, usés : ses chaussettes, qui n'étaient pas fixées, retombaient sur ses chevilles. De sa poche, il sortit un paquet de tabac, du papier fin, et roula lentement entre ses doigts une cigarette dont il mordit un bout pour l'égaliser, qu'il alluma et grilla goulûment, aspirant la fumée et la faisant ressortir alternativement par la bouche et par les narines. Il tira ainsi cinq ou six bouffées avides, puis, un peu étourdi parce qu'il était à jeun, fuma plus calmement.

Il crut entendre du bruit à l'intérieur, derrière le restaurant. Il prêta un instant l'oreille. Le silence se rétablit. Rassuré, Laurier continua à savourer sa cigarette. Il vit passer, rue Notre-Dame, la voiture d'un laitier, puis un de ces tramways jaune crème où un employé unique faisait office de conducteur et de contrôleur. Le vent s'était abattu et le soleil, maintenant, éblouissait toute la rue. La journée serait belle. Il jeta sa cigarette, l'écrasa sous son pied, resta encore un instant à contempler le firmament, le fleuve, la silhouette de l'église de Longueuil qui se dessinait sur la rive opposée. Puis, il se leva, rentra.

Il se dirigea vers le placard où il s'empara d'un balai et se mit en frais de nettoyer la pièce, dont le parquet était couvert de papiers. La veille, il s'était senti trop fatigué pour accomplir, selon sa coutume, cette besogne avant de se coucher. Aussi, il venait de quitter son lit un peu plus tôt pour remettre de l'ordre dans sa boutique. Il dénichait la poussière sous les deux tables carrées placées tout au fond du magasin où l'on servait quelquefois des repas légers. Le soir, les habitués de l'endroit y jouaient aux cartes. Un objet brillant attira son regard. Il se pencha, ramassa une pièce de dix cents. Il fit le geste de la glisser dans sa poche mais, se ravisant, il la fit choir dans un tronc placé sous une image du Sacré-Cœur portant ces mots : « Ne me blasphémez pas ! » D'une boîte de biscuits, il tira un grand carton qui lui servit de pelle à poussière et jeta les rebuts dans un seau qu'il trouva sous le comptoir. Il accomplissait tous ces gestes avec lenteur, d'une façon méticuleuse. Il descendit ensuite à la cave et en remonta avec une immense poubelle où il vida le contenu du seau. Il porta le récipient plein de rebuts sur le trottoir, puis rentra se laver à un petit lavabo placé derrière le comptoir. Il passait sur son visage ses mains couvertes de mousse savonneuse, s'introduisait les doigts dans les oreilles, se frottait vigoureusement la nuque, se rinçait à grande eau et, les yeux fermés, tâtonnait, cherchant la serviette pendue au mur, lorsqu'une voix rieuse lui dit :

— Avez-vous besoin d'aide, monsieur Dupuis ?

Il trouva la serviette, s'essuya, rouvrit les yeux.

— Ah ! c'est vous, mam'selle Berthier ? Y me semblait que je reconnaissais votre voix.

Cécile Berthier lui souriait. Dix-neuf ans, de taille moyenne mais très bien faite, elle avait un visage mince, des lèvres charnues d'un rouge vif et des cheveux naturellement blonds. Ils étaient retenus sous un ruban attaché au sommet de la tête mais il en tombait des tas de petites mèches aux tempes. Laurier boutonna sa chemise, qu'il avait détachée pour faire ses ablutions.

— Je suis contente que votre magasin soit ouvert de bonne heure ; maman a oublié d'acheter du pain hier pour faire mon lunch. Pouvez-vous m'en laisser avoir ?

— Il m'en reste rien qu'un. Je vous en passe la moitié. En aurez-vous assez ?

— Oh oui ! c'est ben correct.

Dans une armoire de verre installée sur un coin du comptoir, Laurier prit le pain qu'il trancha en deux.

— Votre femme est pas levée encore ?

— Non, elle a eu une mauvaise nuit. La petite Marie a toussé quasiment tout le temps.

— C'est de valeur, on dirait qu'elle est plus délicate que les trois autres, celle-là.

— Les autres, c'est des garçons, ils sont plus forts.

— Comme de raison.

— Elle est venue au monde en ville. Je pense que c'est pour ça aussi.

Cécile sourit :

— Vous vous êtes pas encore fait à la ville, hein, monsieur Dupuis, depuis quatre ans que vous y êtes ?

Laurier se contenta de sourire à son tour.

— Ça fait rien. Astheure qu'on vous a, on vous garde, nous autres ! Combien je vous dois ?

Il poussa le demi-pain vers elle sur le comptoir.

— Je vous en fais cadeau. Vous pourrez pas dire que je vous ai jamais rien donné.

— Oh ! mais je veux pas !

Elle cherchait la monnaie dans la poche de son manteau qui s'entrouvrit et laissa voir qu'elle était en jupon. Elle posa six cents sur le comptoir, prit le pain et referma lentement son manteau.

— Bon ben, si je me dépêche pas, je vas arriver en retard à la manufacture, moi. Au revoir, monsieur Dupuis.

— Salut, mam'selle Berthier.

Il la regarda un instant s'éloigner, puis il poussa la porte qui séparait le restaurant de l'arrière-boutique où il vivait avec sa famille. Il y avait là deux chambres à coucher, une cuisine et une salle de bains. Il se dirigea vers la première pièce où était sa femme et trouva Simone en train de s'habiller. Elle n'avait qu'une culotte et se préparait à mettre sa brassière. Il s'approcha d'elle et voulut lui caresser les seins, mais elle lui montra Marie qui dormait dans le grand lit. « Attention à la petite, Laurier. »

Il n'insista pas. Il s'assit près de la commode, observant Simone qui enfilait sa robe.

— Marie reprend une partie de sa nuit manquée, mais toi, t'as quasiment pas dormi, Simone.

— Je tâcherai de me coucher plus de bonne heure à soir.

Il était soucieux.

— Quoi c'est qu'elle peut avoir, Marie ?

— C'est rien qu'un gros rhume. Le sirop que je lui ai donné l'a calmée.

— Est-ce qu'elle fait de la fièvre à matin ?

— J'ai touché son front... c'a pas l'air qu'elle en fait.

— Heureusement, le temps se réchauffe. Ça va la guérir, un peu de soleil.

— Justement. Quelle heure qu'il est ?

— Sept heures et dix à peu près.

— Déjà ? Réveille les trois gars, veux-tu ?

— Pourquoi faire ? Il est pas tard. Régis a ben le temps de se préparer pour aller à la classe.

— C'est le premier vendredi du mois. Faut qu'il aille communier.

Simone se dirigea vers la salle de bains dont elle laissa la porte ouverte. Tout en se débarbouillant, elle lui disait :

— J'aurais ben aimé y aller moi aussi. J'aurais emmené Gérard pis Camille. Ils aiment ça venir à la messe avec moi.

— Vas-y, je garderai la petite, moi.

— J'ai peur qu'elle te donne de la misère.

— Ben non, inquiète-toi pas.

— T'es ben fin, Laurier.

Il alla réveiller ses trois fils et s'employa à vêtir Camille qui, à cinq ans et demi, ne pouvait pas s'habiller tout seul. Régis et Gérard se débrouillaient tant bien que mal. D'ailleurs, au bout d'un moment, Simone, le chapeau sur la tête, déjà prête, vint prendre la direction des opérations. Elle était vive, rajustait prestement la culotte de Gérard et disait à Régis : « Va vite te laver, mais avale pas d'eau en te brossant les dents ! »

Elle traînait Gérard jusqu'à l'évier de la cuisine, s'emparait d'une serviette, décrottait son fils en un tournemain, lui mouillait les cheveux, les remettait en place d'un coup de peigne, glissait dans sa poche un chapelet. Elle connaissait bien son métier de maman. « Bon, tâche de pas te salir. »

Pendant que Laurier se chargeait de la toilette de Camille, Simone alla jeter un coup d'œil sur Marie. La fillette dormait toujours mais paraissait un peu oppressée. Simone, soucieuse, poussa un soupir, prit un missel dans le tiroir de sa commode et sortit de la chambre sur la pointe des pieds.

— Si la petite se réveille, tu lui donneras une cuillerée de sirop.

— Crains pas, j'en prendrai ben soin. Mais si ça allait plus mal aujourd'hui, on ferait venir le docteur.

— Je pense pas que ça soit nécessaire.

Ils entendirent une porte s'ouvrir et le restaurant s'emplit aussitôt de cris et de rires bruyants.

— V'là les débardeurs. Pourvu qu'ils réveillent pas Marie.

— Veux-tu que je reste pour t'aider ?

— Non, je vas m'arranger.

— J'aurais voulu partir avant qu'ils arrivent, eux autres.

Elle redoutait leurs œillades et les farces grasses qu'ils racontaient sans se gêner et même peut-être intentionnellement devant elle. Laurier lui dit :

— Bon, passe par derrière, Simone. File, ils te verront pas.

— Oui, je serai plus vite rendue à l'église. Venez-vous-en, les enfants.

Simone partait avec les garçons. Elle s'en allait, la femme à Laurier. Cette femme de trente ans, vive et proprette, qui avait un doux sourire, qu'il aimait et qui lui avait donné quatre enfants déjà. Elle paraissait heureuse d'accompagner leurs trois fils à la messe, d'aller communier avec eux en ce premier vendredi du mois, sa femme qui n'était pas une bigote, pas une sainte non plus, mais qui était pieuse et savait faire entrer Dieu dans sa vie sans pour cela cesser d'être humaine. Elle s'éloignait dans ce matin de printemps lumineux, sa femme saine et bonne qui, sans doute, avait des défauts qu'il connaissait mieux que personne, qui était têtue, parfois trop autoritaire, souvent distraite et semblant ne l'écouter que d'une oreille, lui Laurier, son seigneur et maître, mais qui en somme lui avait fait depuis sept ans une vie agréable.

Elle filait vers l'église, sa Simone brunette, aux lèvres charnues et savoureuses comme un fruit mûr, sa femme qui venait de lui refuser discrètement un baiser par une instinctive crainte de scandaliser un tout petit, par respect aussi, ne voulant pas donner à son homme sa bouche dans une caresse même permise qui eut pu la troubler avant l'instant où, par cette bouche aux dents fines et blanches, son Dieu allait descendre en elle. Simone espérait peut-être ainsi mériter un peu la grâce d'un bonheur continu avec son Laurier. Comme une intruse ou une pauvresse, elle quittait la maison par la porte de derrière et c'était pour éviter une conversation qu'elle subissait quand elle ne pouvait faire autrement mais qui lui déplaisait. Elle disparaissait là-bas, happée par la rue, sa femme qui formait avec lui cette chose admirable qui s'appelle un couple, qui était vraiment une moitié de lui, et il songea confusément que même éloignés ainsi, ils restaient soudés l'un à l'autre comme deux arbres surgis d'une même souche. Mais pourquoi, l'instant d'après, dès qu'elle eût tourné le coin, revit-il l'image de Cécile Berthier qui semblait lui demander : « Avez-vous besoin d'aide, monsieur Dupuis ? » Pourquoi les hommes se souviennent-ils inconsciemment qu'ils ont été formés du limon de la terre et que s'ils sont un reflet de Dieu ils sont aussi un amas de boue ? Laurier jeta un coup d'œil sur sa fille. Marie dormait toujours. Alors, il poussa la porte battante et passa dans le restaurant où l'attendaient les débardeurs.

* * *

Lorsque Laurier Dupuis prit place derrière son comptoir, il fut salué par les débardeurs qui remplissaient déjà son restaurant...

— Salut, salut les gars !

Il s'efforçait de sourire et de donner prestement ce qu'on lui commandait : cigarettes, eaux gazeuses, chocolats. Mais il n'aimait pas ce qu'il faisait. Il se demandait souvent ce qui l'avait poussé à venir exercer en ville ce métier de petit dépanneur. Oh ! sans doute, il arrivait à gagner sa vie et celle de sa famille sans bouger de chez lui. Mais justement, n'était-il pas, à cause de ça, un peu comme dans une prison chez lui ? De toute façon, il enviait ces costauds qui avaient un métier d'homme et parfois, il était pris de l'envie de se joindre à eux. La tâche était dure certainement mais elle avait ses compensations : bonne paye et liberté. Et Laurier était fort et bien musclé. Cependant, on se fait à une vie. Lui s'était fait à la sienne et il ne lui serait pas facile d'en sortir. Il se dépêcha car il savait que les débardeurs étaient pressés de se rendre à leur travail. Si tôt, le matin, ils ne s'attardaient jamais longtemps chez lui. Il s'agissait tout simplement pour eux de s'approvisionner de tabac ou de compléter au moyen d'un gâteau ou d'une tartelette le lunch qu'ils apportaient et qu'ils mangeraient sur le coup de midi. Un des hommes, qui se nommait Edgar Manseau, venait de glisser une pièce de monnaie dans la boîte à musique qui s'alluma en un vrai feu d'artifice et se mit en branle. Un jazz assourdissant éclata. Laurier alla tendre l'oreille du côté de l'arrière-boutique, se rendit compte que sa petite Marie dormait toujours, puis revint à son poste. Il aurait voulu demander aux débardeurs de faire moins de bruit, leur expliquer que sa fillette était malade, mais il n'osa rien dire. N'avait-il pas tort de croire qu'ils ne comprendraient pas ses soucis de père de famille ? Plusieurs d'entre eux étaient mariés et avaient des enfants. Mais Laurier ne voulait pas leur gâcher ces quelques minutes de plaisir et de blagues qu'ils s'octroyaient tous les jours avant d'aller au travail. Il tenait à leur clientèle et faisait bonne contenance. D'ailleurs, un à un, ils s'en allaient, descendaient vers le port. Cependant, Edgar Manseau, l'amateur de musique, restait assis à une des tables au fond.

— Tu vas pas travailler à matin, Edgar ?

— Non, je suis sur la « seine ».

Laurier comprit que Manseau était de réserve pour le cas où un de ses camarades tomberait malade ou manquerait à l'appel.

— Si on te fait demander, comment c'est que tu vas le savoir ?

— Inquiète-toi pas. Les gars savent où venir me chercher. Comment ça se fait que t'es tout seul pour servir ?

— Simone est sortie.

— C'est ben de valeur. Parce que c'est pas pour tes beaux yeux mais pour les siens qu'on vient icitte.

— Vrai ?

— Certain ! Le sais-tu au moins que t'as une belle femme, Laurier ?

— Crains donc pas.

— En tout cas, t'as pas l'air vaillant aujourd'hui.

— J'ai mal dormi : la petite Marie a pleuré toute la nuit.

Edgar fit mine de s'intéresser au sort de la petite Marie.

— Qu'est-ce qu'elle a, ta fille ?

— Je sais pas, mais y a quèque chose qui ne marche pas. Là, elle dort. Pourvu qu'on la réveille pas.

— T'aurais dû me le dire avant, j'aurais pas fait jouer tant de musique.

Par la porte restée ouverte, Laurier regarda dehors. Le soleil dardait de ses rayons la chaussée macadamisée où brillaient des taches d'huile coulée d'un camion. Des moineaux piaillaient et s'ébattaient. La rue s'animait petit à petit. La journée commençait vraiment dans ce coin de Montréal.

— Tu l'aimes ta fille, hein ?

— C't'affaire ! Ben sûr que je l'aime, Edgar.

— Non, je veux dire que tu l'aimes plus que tes gars.

— Comme de raison, c'est ma seule fille, pis je l'ai attendue six ans. Mais j'aime ben mes gars aussi.

Intérieurement, Laurier Dupuis se trouvait idiot de se croire tenu de se justifier ainsi aux yeux de cet homme qui était, en somme, un étranger. Il se leva, marcha jusqu'à la porte, s'appuya contre le chambranle, tournant le dos à la rue Notre-Dame pour regarder du côté du Saint-Laurent. Le navire arrivé pendant la nuit était toujours là mais on avait dû le déplacer pour le décharger car maintenant Laurier pouvait apercevoir un grand pan du fleuve. Chaque printemps, depuis qu'il habitait Montréal, Laurier aimait assister au réveil de ce géant qui, tout l'hiver, sommeillait sous son épaisse couche de glace. Aujourd'hui, il était beau, le fleuve, sous le soleil qui le faisait scintiller de mille reflets. Moins large qu'à Québec où Laurier l'avait admiré lorsqu'il avait fait son voyage de noces dans la vieille capitale, le Saint-Laurent à Montréal ressemblait à un énorme serpent bleu et gris aux chatoyantes écailles rongées par de multiples bestioles qui prenaient la forme de transatlantiques, de cargos, de caboteurs, de remorqueurs, de dragueurs ou de simples barques et canots-automobiles. Laurier songea que lorsque Simone rentrerait de la messe et de sa communion du premier vendredi du mois, il lui confierait le soin de s'occuper un peu du restaurant et irait de plus près observer le grand fleuve. La musique venait de cesser. Laurier retourna près d'Edgar.

— Faut pas te croire obligé de me tenir compagnie. Si t'as quèque chose à faire, gêne-toi pas. Moi, j'attends quèqu'un.

— Ah ! qui ça ?

— À toi, je peux ben le dire. Vu que t'es marié, t'es pas un concurrent. C'est la petite d'en haut.

— Cécile ?

— Ouais. Cécile Berthier.

— T'es pas fou ?

— Je suis pas fou pantoute. Tu l'as jamais regardée ? C'est une vraie belle fille. Ça fait un petit bout de temps que je rôde autour d'elle.

— Elle t'a encouragé à ça ?

— Je peux pas dire qu'elle m'a encouragé, mais elle m'a pas découragé non plus.

— Ah non ?

— Non. Même qu'hier, je pensais ben avoir fait pas mal de progrès avec elle.

— Comment ça ?

— Je suis allé la rencontrer à la manufacture de sucre, quand elle sortait de son ouvrage, pis je l'ai convaincue de venir faire un tour de machine le soir avec un de mes amis pis sa blonde. On devait aller danser, pis d'une affaire à l'autre, je pense ben que j'aurais réussi à l'enjôler, seulement...

— Seulement quoi ?

— Seulement, le soir elle est pas venue, pis moi j'ai pas osé monter la chercher icitte. Ça fait que j'ai eu une soirée manquée.

— Ah !

— Ç'a l'air de te faire plaisir.

— Non.

— Tout était arrangé, tout devait marcher correct, mais cette petite garce-là, elle me laisse tomber comme une vieille paire de pantoufles.

— Elle a peut-être ben compris qu'elle est pas une fille pour toi.

— Quoi c'est que tu veux dire ?

— Rien d'insultant. Mais elle a dix-neuf ans, pis t'en as vingt-huit. Penses-tu à te marier, toi ?

— Pantoute.

— Tu vois ben que ça pourrait donner rien de bon.

— Qu'est-ce que ça peut te faire à toi ?

Mais oui, qu'est-ce que ça pouvait lui faire à Laurier Dupuis que cet Edgard Manseau entretint un flirt avec Cécile Berthier ? En quoi cela le regardait-il et pourquoi la défendait-il avec tant de véhémence ? Ce sont des questions auxquelles Laurier lui-même n'osait pas répondre franchement, directement. Il se contenta de hausser les épaules, et Edgar continua...

— C'est pour ça que je suis venu me stationner dans ton restaurant à matin. Je veux la revoir. Tu l'as pas vue descendre pour s'en aller à l'ouvrage ?

— Non.

Laurier se rappela la brève visite de Cécile ce matin-là, son teint frais, ses cheveux blonds, son air reposé, son sourire éclatant. Même ainsi, au saut du lit, sans maquillage, elle était ravissante. Était-ce seulement ce matin-là qu'il l'avait remarquée ? Pourquoi était-il tout à coup si fier de cette jeune fille qui ne lui était rien ? Pourquoi éprouvait-il tant de joie à la pensée qu'elle avait, la veille, fait attendre vainement cet Edgar qui lui avait tendu un piège ? Laurier eût compris sa joie si Edgar avait été un homme qu'il détestait. Il ne se croyait pas au-dessus de certaines mesquineries et il lui arrivait de se réjouir des mésaventures ou des ennuis de gens qui lui étaient antipathiques. Mais Edgar ! Edgar ne lui avait jamais rien fait à lui, Laurier Dupuis. Au contraire, il avait toujours paru rechercher son amitié. Il s'attardait souvent au restaurant quand tous les autres débardeurs rentraient chez eux. Mais s'il s'y attardait, Laurier songeait maintenant que c'était peut-être dans l'espoir d'y rencontrer la « petite d'en haut », comme il disait. Il eut peur de l'avoir involontairement trahie, la petite d'en haut, alors il se reprit.

— Je l'ai pas vue descendre, mais j'ai été pas mal occupé. Ça se peut qu'elle soye passée sans que je m'en aperçoive. Tu comprends, moi, j'ai pas le temps de la guetter.

— Je te demandais ça pour la forme, parce que si elle était passée, je l'aurais vue. Je vas l'attendre. Je veux y parler.

— Qu'est-ce que ça va te donner ?

— Je vas savoir la raison pourquoi qu'elle est pas venue. Ça se peut qu'elle ait été retenue à la maison par sa mère.

— Si c'était ça, tu sais ben qu'elle serait descendue icitte téléphoner pour t'avertir.

— C'est ben vrai ! Même que j'ai failli t'appeler hier soir, pis te demander d'aller la chercher pour que j'y parle. Mais vu que t'étais au courant de rien... En tout cas, je vas savoir.

— Écoute, Edgar, tu cours p'têt' ben au-devant d'un désappointement.

— Moi, je te dis que si je l'embrassais une fois, rien qu'une fois, tu verrais qu'elle hésiterait p'us pantoute.

— Laisse-la donc tranquille. T'es pas en peine, t'en connais ben d'autres filles. Laisse donc faire celle-là.

— C'est pas mon genre. Pis toi, lâche-moi avec tes conseils de père de famille.

— Oh ! tu sais, moi je te disais ça...

À ce moment-là, Laurier crut entendre bouger dans l'arrière-boutique.

— Je pense que ma petite Marie se réveille.

Il poussa la porte battante, courut presque jusqu'à la chambre, jusqu'au grand lit d'où la petite Marie, malade et fiévreuse, l'avait délogé la nuit précédente, quand Simone l'avait prise avec elle pour la soigner. Il s'approcha sur la pointe des pieds. De fait, sa fille s'était retournée, avait repoussé le drap, mais elle dormait toujours. Il toucha son front, il lui sembla qu'il était moins brûlant. Il resta un instant à contempler la petite Marie, sa fille unique, celle qu'il avait attendue six longues années. Elle était jolie, avec ses cheveux épandus sur l'oreiller. Elle ressemblait plutôt à sa mère. Tout de même, ce front, cette arcade sourcilière étaient bien de lui. Mais le nez finement dessiné, la bouche, le menton au contour délicat étaient du pur Simone. Il la regardait dormir et il était fier d'être le père de cette enfant. Il était fier d'avoir, ce matin, pour mission de veiller seul sur elle pendant trois quarts d'heure. Il avait oublié, en cette minute, Edgar et ses petits stratagèmes de mâle. Il avait oublié le trouble qui s'était emparé de lui quand il l'avait écouté parler. Mais tout à coup, il perçut venant de la pièce à côté des chuchotements, puis le son d'une voix qu'il reconnut...

— Non... laissez-moi ! laissez-moi ! je vous dis !

C'était la voix de Cécile Berthier. Elle était là dans le restaurant avec Edgar. Elle était là. En un instant, Laurier fut auprès d'eux !

— Laissez-moi !

— Voyons, ma belle...

— Lâche-la ! Lâche-la, tu comprends !

Laurier était furieux et bouscula le bonhomme.

— Qu'est-ce qui te prend, toi ?

— Je veux pas de ça ici. Envoye, fiche le camp, Edgar !

— Pousse pas de même parce que ça peut mal tourner.

— T'es peut-être ben fort, mais tu me fais pas peur. Envoye, file !

Edgar s'était éloigné de Cécile avec un sourire niais.

— Tu me mets dehors ?

— Ouais, je te mets dehors !

Laurier criait. Dans sa colère, il ne pensait pas qu'il pouvait réveiller la petite Marie. Il était encore bouleversé par la vision qu'il avait eue d'Edgar serrant Cécile contre lui et cherchant à l'embrasser pendant qu'elle se débattait.

— Va-t'en ! Je te dis que c'est mieux.

Edgar prit son veston sur le dossier de la chaise et, le jetant sur son bras, rajusta sa cravate. Puis, il se dirigea vers la porte.

Au moment de sortir, il se tourna vers Laurier : « Je te dis rien qu'une chose, Laurier. C'est pas en traitant tes clients comme tu le fais que tu vas les garder. Salut ben ! » Laurier alla jusqu'au trottoir pour regarder s'éloigner Edgar. Machinalement, il referma la porte... Quand il se retourna, il aperçut Cécile Berthier qui, le visage caché par ses mains, sanglotait.

Lentement, il s'approcha d'elle et passa sa main sur ses cheveux, ainsi qu'on caresse les enfants. Elle leva sur lui ses grands yeux pleins de larmes et lui dit : « Merci, monsieur Dupuis. Merci. » Laurier plongea son regard dans celui de la jeune fille ; alors il sentit qu'il était seul avec elle.

* * *

Combien de temps s'était-il écoulé depuis que Simone était partie avec les trois garçons laissant à son mari la garde de leur unique fille qui dormait dans l'arrière-boutique ? Laurier n'aurait pas su le dire. Il n'avait conscience que d'une chose : il venait de refermer sur Edgar Manseau la porte du restaurant et il était maintenant seul dans cette pièce avec Cécile Berthier. Les bruits de la petite rue lui parvenaient à peine. Mais pourquoi ce silence lui paraissait-il si lourd ? Sa colère était tombée. Mais pourquoi son cœur continuait-il à battre la breloque ? Il cessa de caresser les cheveux de la jeune fille. Il avait fait ce geste instinctivement, parce qu'il avait pris sa défense contre un goujat, parce qu'il lui avait accordé sa protection. Avait-il gagné le droit de témoigner ainsi son affection ? Cécile ne pleurait plus, mais continuait à le regarder intensément. Enfin, elle parla. Elle sentait le besoin de s'expliquer.

— Ça fait longtemps qu'il rôde autour de moi, le grand Edgar Manseau.

— Je le sais.

— Vous vous en étiez aperçu ?

— Non... c'est lui qui... Il m'a parlé de vous d'une manière... ben d'une manière que j'ai pas aimée.

— Ah !

— Il m'a conté qu'il était allé te rencontrer à la sortie de la manufacture hier après-midi, qu'il t'avait invitée pour la soirée et que t'avais accepté son invitation.

— Oui.

— Pourquoi ?

— Pourquoi ? Pour me débarrasser de lui.

— C'est ben vrai ?

— J'ai jamais eu l'intention d'aller le retrouver, vous pouvez me croire.

— Je te crois... ça me fait trop plaisir de te croire.

Sans même s'en rendre compte, il la tutoyait depuis un moment. Il prenait avec elle un ton différent. Si cette aventure était arrivée à Simone, lui aurait-il parlé autrement ? Mais alors que se passait-il ?

— Pourquoi ça vous fait plaisir ?

Que pouvait-il répondre à cela ? Il se contenta de dire, mal à l'aise :

— C'est pas un homme pour une fille comme toi, ce gars-là.

Machinalement, sans aucune coquetterie, Cécile murmura :

— Je le connais le genre d'homme que je pourrais aimer.

Que signifiait cette parole ? Que devait comprendre Laurier ? Il y a tant de choses que les femmes laissent entendre sans oser tout à fait les dire. Quel était ce sentiment qui s'emparait de lui, qui le faisait agir presque comme un automate, le poussait à approcher une seconde chaise et à venir s'asseoir près de Cécile ?

— Quand Edgar m'a appelée tout à l'heure, j'ai pensé que c'était vous...

— Moi ? Mais pourquoi que je t'aurais appelée ?

— De la fenêtre en haut, pendant que je déjeunais, j'avais vu partir votre femme avec vos garçons, je savais que vous étiez tout seul et vu que vous m'aviez dit que votre petite était malade, vous pouviez avoir besoin d'aide...

De nouveau, elle s'était tournée vers lui et ne le quittait pas des yeux.

— Y a quèque chose que j'ai pas compris...

— Quoi ?

— C'est votre colère contre Edgar Manseau.

Laurier ne put supporter son regard. Il fouilla dans ses poches, sortit son tabac, choisit un papier et se mit à se rouler une cigarette pour se donner une contenance, puis d'une voix basse :

— Quand j'ai vu qu'il te prenait de force dans ses bras, c'était ben naturel que...

— Ce qui aurait été naturel, c'aurait été que vous vous contentiez de dire à Edgar de pas faire le fou ou ben que vous tourniez ça en blague... ou même que vous vous moquiez de moi. J'en connais qui, à votre place, auraient agi de même. Mais vous... vous vous êtes conduit comme si vous étiez mon parent...

comme si, moi, j'étais pour vous quèque chose de plus qu'une voisine à qui vous dites bonjour comme ça, en passant, quèque chose de plus qu'une cliente qui vient acheter un pain de temps en temps.

Laurier finissait de rouler sa cigarette. Pourquoi ces paroles toutes simples retentissaient-elles à ses oreilles comme un vent de tempête ? Pourquoi avait-il subitement l'impression d'être non plus chez lui par un matin ensoleillé de printemps mais dans un esquif sans gouvernail sur une mer déchaînée ? Où était la tempête sinon en lui-même ? Il ouvrit la bouche, il allait parler, mais elle dit aussitôt :

— Attendez, j'ai du feu dans mon sac. Tenez.

Elle lui tendit la flamme d'un petit briquet. Laurier remarqua que sa main tremblait. Il la prit dans la sienne pour la raffermir. Il avança la tête, alluma sa cigarette en regardant Cécile. Ils étaient tout près l'un de l'autre. Brusquement, il se recula un peu, tira une bouffée, lança la fumée vers le plafond, puis lâchant la main de la jeune fille...

— Écoute... tu devrais partir, tu vas arriver en retard à l'ouvrage.

— À la manufacture aussi, y en a qui tournent autour de moi. J'aurai rien qu'à faire un sourire pour qu'on me pardonne mon absence. Les hommes sont pas tous comme vous.

Elle l'admirait ? Elle l'admirait, lui, Laurier Dupuis, malgré sa tenue un peu débraillée, malgré ses cheveux en broussaille, malgré cette barbe d'un jour qu'il sentait sous ses doigts en passant la main sur son visage... Non, c'était moralement qu'elle l'admirait. Moralement ?

— Je suis pas meilleur que les autres.

Avant de refermer son sac, elle se regarda dans la petite glace. Elle vit ses yeux rougis, son maquillage défait... Avec un rire léger, elle dit :

— J'ai l'air bête.

Une voix rauque lui répondit :

— Non, t'es belle, Cécile. T'es ben belle.

Laurier était troublé. Mais dans son trouble, il entendit ses paroles comme si un autre les eût prononcées. Un autre ?... ou lui-même plus jeune ? Oui, lui-même devant une femme qu'il commençait à aimer et qui s'appelait Simone ? Elle avait dix-neuf ans, elle aussi, quand il entreprit de lui faire la cour... Vingt et un ans quand il l'épousa... vingt-deux ans à la naissance de Régis... et maintenant... Il se sentit un peu ridicule. Pour rompre l'espèce de gêne qui s'emparait de lui, il ajouta...

— Tu verras, un jour, tu rencontreras un bon gars qui t'aimera pour vrai. Là, t'auras p'têt' ben une meilleure opinion des hommes, Cécile.

— Faudrait que ce soit un homme comme vous. Un homme qui saura me rendre aussi heureuse que l'est votre femme.

— Si ma Simone est heureuse, elle l'a pas volé... Pis moi, j'ai pas grand mérite à pas lui faire de misère.

— Je vous comprends.

De nouveau, ils se regardaient, ils se souriaient. Mais c'était un sourire tranquille. Ils se souriaient comme doivent se sourire deux êtres qui, ensemble, viennent d'échapper au danger. Ils avaient cet air de triomphe de ceux qui remportent durement une victoire. La tempête était passée et de nouveau régnait un calme bienfaisant. C'est alors que retentit le cri de Marie...

— Maman !

Cet appel, Laurier l'attendait, il le souhaitait presque, bien qu'il sût la valeur de ce sommeil prolongé pour son enfant...

— Marie appelle.

— Il faut y aller. Je vous laisse.

Il ne cherchait pas à la retenir. Il aspirait à ces quelques minutes de joie paternelle où il assisterait seul au réveil de son unique fille, de son bébé. Oui, il n'était plus qu'un père qui s'inquiète de son enfant. Elle le comprit. Déjà elle ouvrait la porte. Mais elle ne pouvait partir sans le rassurer, sans lui expliquer que tout était bien. Elle chercha une formule qui exprimerait sa pensée. Et avant de sortir, elle lança :

— À partir d'aujourd'hui, on est des amis. Des vrais amis.

Laurier lui sourit...

— C'est ça. Au revoir, Cécile.

Laurier était près de Marie.

— Maman !

Devant cette parole d'enfant, Laurier sentait son infériorité. C'était sa maman que Marie réclamait et elle serait bien déçue en le voyant, lui, son père. Que ferait-il ? Que lui avait dit Simone en partant ? « Ah oui, du sirop. » Il fallait donner du sirop à Marie. Mais il la dégoûtait ce sirop. Elle pleurerait s'il l'obligeait à le prendre. En ce moment, elle ne pleurait pas, non, elle attendait gentiment. Comme elle était patiente, la petite Marie. Il adoucissait sa voix pour lui adresser son premier bonjour. Il avait recours à son vocabulaire pour enfants.

— T'as fait un beau dodo, Marie ?

Il l'examinait, n'osant pas trop s'approcher parce qu'il n'était pas sûr encore de l'accueil que lui réservait sa fille.

— Où maman ?

Cet instant allait décider de tout. Les larmes, la placidité ou la résignation de Marie dépendaient de la réponse de Laurier.

— Maman ? Elle est à l'église. Elle va revenir dans la minute.

Marie lui rendit son sourire. Alors, il toucha le front, le ventre de l'enfant comme il l'avait vu faire souvent par Simone pour constater si la petite avait de la fièvre. Mais il n'était guère plus renseigné. Comment déceler vraiment au toucher à quelle température commençait la fièvre ? Il n'était que le père, lui.

— Tu te sens pas malade ?

Marie repoussa les cheveux qui voilaient son visage et le regarda étonnée.

— Non, papa.

— Y'a pas bobo ?

Elle leva de nouveau sur lui ses grands yeux dont le bleu semblait déteindre sur le blanc.

— Non.

— T'as pas envie de tousser ?

— Non.

Il n'en revenait pas. Il était déjà tout content. Pour un peu, il se serait mis à chanter. Il déposa un baiser sur la joue de Marie.

— Je veux me lever.

Elle en avait assez d'être au lit. Elle avait bien raison puisqu'elle se sentait mieux.

— Viens avec moi.

Il la porta jusqu'à la cuisine.

— Je veux m'habiller.

Ça, c'était autre chose. Laurier était un peu ennuyé. L'habiller, c'était une tâche.

— T'aimes pas mieux attendre maman ?

— Non.

Il n'y avait pas à discuter. Il alla fouiller dans les tiroirs d'une commode, cherchant de quoi vêtir Marie. En sifflotant, il lui enlevait sa chemise, tentait de lui enfiler un corselet, mais il s'y prenait mal, il était gauche. La petite rit :

— Pas comme ça, papa.

— Mais non, pas comme ça, Laurier.

Simone était là. Elle déposait son livre de messe, elle s'approchait de sa fille...

— Maman...

— Tu vas mieux, Marie ?

— Je suis pas malade.

Laurier, joyeux, cria presque :

— Elle est pas malade, Simone, comprends-tu ça ?

— Oui... j'ai ben prié pour elle.

Lentement, le regard lointain, il dit :

— Moi aussi.

Laurier ne mentait pas. Vaincre une tentation, c'est aussi une façon de prier. Il regardait Simone qui finissait d'habiller Marie.

— Tiens, va chercher tes frères.

Déjà, elle préparait le déjeuner des garçons qui s'attardaient dehors mais qui allaient rentrer. Il alla vers elle, la fit pivoter sur elle-même, l'entoura de ses bras...

— Laurier.

— Tu me dois quèque chose, toi, quèque chose que tu m'as refusé avant de partir pour la messe.

L'homme était tout proche et posa ses lèvres sur le sourire de sa femme.

— On est heureux ensemble, hein ?

— Oui, Simone... ben heureux...

Il ne fallait rien faire pour briser ce bonheur-là. Les petits arrivaient, la famille était au complet. Simone souriait et serrait dans sa main la main de Laurier. Tous ensemble, ils étaient forts. Dans une rue bruyante, une petite ouvrière, sagement, honnêtement, arrivait à son travail, l'esprit léger, le cœur en paix. Et là-bas, au-dessus du fleuve, le ciel était serein.

L'ÉTUDIANT

La chambre était affichée à louer depuis déjà plusieurs jours quand il arriva, un matin d'automne. Il portait un imperméable mastic, bien serré à la taille, et n'avait pas de chapeau. Ses cheveux châtain doré retombaient en boucles sur son front et ses immenses yeux doux étaient si beaux que la vieille fille en ressentit un choc. Et quand, avec un sourire éblouissant, il lui demanda à voir la chambre, elle se précipita, nerveuse, affolée. Jamais encore elle ne s'était sentie si stupide. Quand elle lui ouvrit la porte de la pièce double, il dit d'une belle voix lyrique : « Si le prix n'en est pas trop élevé, voilà une pièce qui me ferait un studio magnifique. »

À la fois timidement et vivement, elle émit le chiffre, toute prête, pour garder le bel inconnu, à en rabattre au besoin. Mais non, tout sembla convenir à merveille, et un peu suffoquée, un peu ahurie, elle se retrouva plus tard assise dans sa chaise berceuse avec le nouveau locataire installé dans la maison. Et quel locataire ! Le plus merveilleux, le plus charmeur, le plus artiste de tous les étudiants qu'elle ait eu à gâter toutes ces dernières années. Les mains ouvertes sur sa robe grise, la tête inclinée, elle imaginait déjà toutes les douceurs dont elle allait entourer l'homme du studio double. Il se dégageait quelque chose de si étrangement mystérieux du personnage nouvellement arrivé que ce n'est qu'au lendemain qu'elle osa lui demander...

— Vous étudiez quoi, monsieur Rimbert ?
— J'étudie la peinture, mademoiselle Thérèse.
— Depuis longtemps ?
— Depuis trois ans déjà.
— Vous n'êtes pas de Montréal ?

— Non.

— Ah !

Il n'avait pas dit d'où il venait. Il s'était éloigné avec un petit signe de la main si gentil, pour accompagner son sourire, qu'elle était restée quelques minutes sous le charme. Puis, elle s'était secouée moralement ni plus ni moins, et était retournée à l'arrière de la maison où elle avait, comme chaque matin, commencé à ranger la table où quelques-uns de ses pensionnaires avaient pris le petit déjeuner. Elle agissait machinalement, le beau visage de Rimbert constamment devant les yeux... et ce n'était que le deuxième jour. Trois jours après, Rimbert avait pris sa place tout naturellement parmi les autres. Du fait de son arrivée, la pension était complète, Mlle Thérèse ayant six chambres à louer dans la grande maison que lui avait laissée ses parents, dans ce quartier tout près de l'université. Ce n'est que ce jour-là que la petite Huguette, alors qu'ils étaient tous autour de la table du déjeuner, questionna Rimbert.

— Mais comment se fait-il que vous ayez choisi une maison de pension si loin de l'école des Beaux-Arts ?

— Je préfère demeurer dans ce quartier plutôt que dans celui de l'école. C'est bien mon droit.

— Ça ne vous fait pas peur la carrière de peintre, monsieur Rimbert ?

— Pourquoi ?

— Oh, je ne sais pas. On dit que c'est quelquefois difficile d'arriver.

— Moi, je suis sûr d'arriver, monsieur Barbeau.

— Eh bien, tant mieux pour vous, car pour arriver, il faut avoir confiance en soi. Je vous approuve. Moi aussi je suis sûr de réussir.

— Tu ne dis rien, Pierre ?

— Justement, je doute de moi.

— Qu'est-ce que vous étudiez ?

— La médecine.

— Et ça ne vous plaît pas ?

— Au contraire, ça me plaît beaucoup mais j'ai de la difficulté, je n'ai pas de mémoire.

— C'est dommage.

— Oh, mais ça ne fait rien. Je travaillerai tant que je finirai bien par faire quelque chose moi aussi, non à cause de mes dons, mais à cause de ma volonté.

— Je crois que vous avez raison, la volonté est le moteur principal de tout, monsieur Guérin.

— Oh, dites Pierre comme tout le monde. Et nous allons cesser de vous appeler monsieur Rimbert. Au fait, vous ne nous avez pas encore dit votre prénom.

— Gilles.

— Gilles, c'est un nom que j'ai toujours aimé. C'est simple, c'est net et c'est charmant.

— Vous êtes trop gentille, mademoiselle Huguette.

— Voyons, Gilles, nous venons de convenir que nous nous appellerions tous par nos petits noms ! Après tout, nous sommes pour des mois comme une petite famille, n'est-ce pas, mademoiselle Thérèse ?

— C'est bien entendu.

— C'est la première année que vous êtes chez Mlle Thérèse, tous ?

— Non, moi c'est la deuxième.

— Moi, la troisième.

— Moi, c'est la première.

— À part vous quatre, il y a encore Bernard Plante et Luc Verron. Eux ne mangent pas ici, on les voit moins. Ce sont les plus anciens pensionnaires malgré tout. Ils ont tous les deux quatre ans de séjour chez moi.

— Tout ce que nous venons de dire me prouve que j'ai bien de la chance d'avoir trouvé une place dans cette maison. On semble y être bien puisqu'on y revient.

— Je fais mon possible pour que tout le monde se sente à l'aise.

— Et comment ! Vous ne savez pas quoi faire pour nous gâter et nous aider. Avec ça que vous êtes joliment utile quelquefois ; au moment des examens, vous ne vous faites pas prier pour nous donner un coup de main et nous faire réciter certains trucs difficiles.

— Nous sommes cinq locataires mâles, il n'y a... qu'Huguette de femme pour tenir compagnie à Mlle Thérèse ?

— Oui ! Heureusement nous nous entendons bien. Et pour ma part, j'aime autant qu'il n'y ait pas d'autres jeunes filles. Je ne serais pas sûre de m'accorder avec elles. Avec Mlle Thérèse, qui ne s'entendrait pas ? En général, je n'aime pas les femmes.

— Tu as bien raison, ma vieille.

— Vous vous entendez mieux avec les garçons ?

— Et comment ! Avec un garçon, on est tout de suite camarade. Un garçon, c'est un chic copain. Une fille... c'est une jalouse.

— Au fond, vous n'aimez pas la concurrence ?

— C'est peut-être cela. Comme Pierre, je n'ai pas suffisamment confiance en moi, faut croire.

— Vous avez bien tort. Qu'est-ce que vous étudiez, Huguette ?

— La médecine aussi.

— La médecine ! Vous voulez... vous voulez faire votre médecine ? Comme c'est curieux...

— Pourquoi donc ?

— Une femme médecin, mais ça ne tient pas debout !

— Dites donc, ne vous gênez pas ! Une femme n'est pas tellement plus bête qu'un homme, vous savez !

— Je n'ai pas dit cela. J'ai dit qu'une femme médecin, c'était contre nature. Une femme, mais c'est toute douceur, toute grâce, tout romantisme. Je vois mal une femme auscultant la poitrine velue d'un gros monsieur boursouflé qui lui jetterait un regard malsain plus souvent qu'à son tour. Je n'imagine pas une femme...

— Eh bien ! justement. Une femme médecin n'est pas une femme.

— Ah, là, alors, Huguette, laissez-moi vous dire que c'est dommage ! Surtout dans votre cas.

— Eh bien ! puisque cela tourne en compliments, j'admets que l'idée de la médecine pour une femme peut laisser un homme perplexe. Mais que voulez-vous ? Je veux devenir médecin.

— Est-il permis de savoir pourquoi ?

— Oui, pourquoi, Huguette, tiens-tu tant à faire ta médecine ? Tes parents ont de l'argent, tu n'as pas besoin de cela pour faire ton avenir. Je suis sûr que tu pourrais déjà être mariée depuis longtemps.

— Justement. Je ne veux pas faire comme tout le monde. J'ai refusé de faire mes débuts avec mes compagnes de couvent. J'ai refusé de mener la vie banale d'une mondaine et j'ai choisi de faire ma médecine pour échapper à l'existence stupide des jeunes filles riches. Et si je le dis avec autant de culot que je suis une jeune fille riche, c'est que tout le monde le sait. Huguette Crémieux, ça dit tout. Crémieux les confitures, c'est mon père... Pauvre papa ! Il ne l'a pas fait exprès de devenir riche. Je crois bien qu'il n'a jamais été si malheureux que depuis qu'il a beaucoup d'argent. Bon, eh bien ! parlons d'autre chose, voulez-vous ?

Huguette avait baissé les yeux. Gilles Rimbert avait posé sur elle son beau regard doré et la fixait si intensément qu'elle en rougit, puis s'impatienta. Elle fut la première levée de table. Ce soir-là, après ses cours, elle s'enferma dans sa chambre et ne voulut pas revoir ses camarades de la maison. Thérèse en poussa un soupir de soulagement, car elle avait bien vu l'intensité avec laquelle Gilles Rimbert avait regardé la fille blonde et jeune. Pauvre Thérèse ! « C'est fatal. D'ailleurs, je ne suis pas assez bête pour me faire jamais la moindre illusion. À mon âge, quarante-deux ans ! tout est bien fini. Oh, je n'aurais peut-être pas été plus laide qu'une autre... mais quand j'étais jeune, je n'ai pas pris l'habitude de mettre mon physique en valeur. Et maintenant il est trop tard, je n'oserais pas commencer, j'aurais l'air ridicule. Les gens sont tellement habitués à me voir dans un style effacé. Je dis bien dans un style effacé... Je me fais penser à certains fusains, je suis toute en grisaille. Et pourtant... pourtant j'aurais pu aimer. Tant aimer... »

Ce n'est que deux semaines après l'arrivée du dernier pensionnaire chez Thérèse Ladouceur que l'on ressentit le premier frisson d'angoisse collective. L'automne avançait, triste et froid, la pluie tombait presque chaque jour et Mlle Thérèse avait proposé, vu la mauvaise température, de faire à ses locataires, en plus du petit déjeuner, un souper collectif qui leur permettrait de rentrer plus tôt pour travailler à l'abri, sans la perspective de ressortir au mauvais temps. Et tous, sauf Bernard Plante et Luc Verron, les deux plus anciens et les deux plus discrets, avaient accepté. Donc, ce soir-là, Huguette Crémieux, Georges Barbeau et Pierre Testu étaient déjà installés autour de la table modeste, devant une soupière fumante dont Thérèse s'apprêtait à distribuer de grandes pochetées, quand Huguette remarqua...

— Nous n'attendons pas Gilles ?

— Mais je ne sais pas. Il devrait être là depuis longtemps. Il a dû être retardé ou rencontrer des amis. Je ne vois pas pourquoi vous attendriez davantage pour souper. Vous avez tous du travail.

— Bon. Pour une fois, il mangera seul.

— Je lui tiendrai compagnie, ne craignez rien.

— La circulation est peut-être bloquée dans ce coin-là. Après tout, il a un bon bout de chemin pour arriver jusqu'ici.

— Merci.

— Merci, mademoiselle Thérèse.

— Merci, mademoiselle Thérèse.

— Oh !

— Qu'est-ce que vous avez, mademoiselle Thérèse ?

— Mais rien... rien... Pourquoi est-ce que j'ai poussé un cri ? Je ne sais pas.

— Voyons, mademoiselle Thérèse, vous êtes toute pâle. Vous vous sentez souffrante sûrement.

— Non, pas souffrante... c'est étrange, c'est une angoisse brusque qui m'a saisie, comme si... comme si je sentais sur moi... une brûlure...

— Une brûlure ? Comment cela ?

— Justement, je ne sais. Une brûlure... morale.

— Mademoiselle Thérèse, qu'est-ce que vous avez ?

— Ne riez pas comme cela, mademoiselle Thérèse. C'est nerveux, sans aucun doute.

— Je vous en prie, mangez votre soupe, ne vous inquiétez pas de... mes stupides réflexes de vieille fille.

— Voyons, pourquoi vous traiter de vieille fille ? Cela fait triste, cela fait dépitée et cela vous va mal.

— Merci, Georges. C'est vrai, je n'ai pas raison de parler comme ça. Je regrette d'avoir troublé votre repas. Voilà que je suis tout à fait bien. J'ai dû ressentir un petit malaise physique que j'ai pris pour une angoisse morale. Je suis peut-être un peu fatiguée. Je me coucherai tôt ce soir.

— C'est cela, je vous apporterai un comprimé pour les nerfs. Vous verrez, c'est quelque chose de très doux, il n'y a pas de danger pour le cœur et ça vous permettra de vous reposer sans contrainte.

— Merci, Pierre.

— Mais, est-ce que la fenêtre est ouverte ?

— Non. Pourquoi, Huguette, tu as froid ?

— Je... oui. Oui, je crois que j'ai froid. J'ai senti comme un frisson. L'air venait... de la fenêtre.

— Dites donc, vous couvez la même maladie, toutes les deux. Huguette aussi est toute pâle.

— Qu'est-ce que vous avez mis dans votre soupe, mademoiselle Thérèse ?

— Allons, ne m'accusez pas encore d'assassinat. Vous voyez, j'ai été la première à pâtir, si c'est ma soupe qui est cause de ces malaises.

— Ça, c'est bien vrai.

— Mais je n'ai pas dit que je ressentais un malaise. J'ai dit que j'avais froid, que j'avais ressenti un frisson.

— Un curieux frisson qui t'a fait pâlir ? Décidément, Georges, ces dames ont besoin d'un petit réconfortant. J'ai dans ma chambre du cognac qui, après le souper, fera du bien à tout le monde. Pour une fois, j'irai le chercher. Vous pourrez toujours vous vanter de m'avoir fait faire des largesses, parce que pour moi, le cognac, c'est ma suprême ressource. C'est le seul médicament que je consente à utiliser dans tous les cas.

Tandis que Pierre blaguait sur un ton enjoué, Thérèse et Huguette échangeaient un curieux regard, à la fois hésitant et interrogateur, comme si elles cherchaient à voir l'une et l'autre si elles étaient victimes de la même appréhension. On achevait le dessert quand Pierre, fidèle à sa promesse, quitta la table pour aller chercher sa bouteille de cognac.

Quand il traversa le couloir menant à l'escalier qui montait à sa chambre, une étrange sensation le fit se retourner brusquement. Il chercha autour de lui dans l'ombre, comme s'il avait eu la certitude que quelqu'un était là, caché, et qu'un danger le guettait. Alors, d'un geste brusque, il tendit la main vers l'endroit où il savait trouver le commutateur électrique. Mais le couloir était vide. La lumière crue en éclairait chaque recoin. Mais il ne vit pas la porte du studio double loué par Gilles Rimbert. Derrière lui, elle achevait de se refermer sans bruit. N'ayant rien aperçu de suspect, Pierre monta d'un élan et revint vite auprès de ses compagnons. Ce soir-là, Georges seul échappa à l'instant de peur subi par chacun des quatre convives. Son tour eut lieu le lendemain matin, alors que dans la salle de bains, il se rasait. La sensation ressentie subitement fut si forte qu'il fit un mouvement brusque et s'ouvrit une entaille au menton. Au déjeuner, Huguette, la première arrivée à la table après lui, remarqua :

— Eh bien !, dis donc, Georges, tu t'es fait une jolie estafilade. As-tu mis quelque chose là-dessus ? Ça saigne encore, tu sais.

— J'ai mis de l'astringent. Ça va aller mieux.

— Tu es nerveux ? Tu n'as pas l'habitude de te couper.

— C'est vrai. Ça ne m'arrive pour ainsi dire jamais. J'étais en train de me raser quand brusquement j'ai senti, tu vas rire de moi, une véritable angoisse m'envahir, au point, tiens, que j'ai dû ouvrir la porte de la salle de bains toute grande pour entendre des voix, pour entendre la vie normale autour de moi. C'est absurde... Je dois trop étudier de ce temps-ci, ça ne me va pas.

— Qu'est-ce que tu as dit ? Je te demande pardon. J'écoutais d'une oreille. J'étais encore en train de repasser mon cours, je n'ai jamais fini d'apprendre. Tu parlais d'une angoisse ?

— Oui...

— Qu'est-ce qu'il y a ? Vous avez un drôle d'air...

— Ne vous en faites pas, mademoiselle Thérèse, c'est Georges qui a eu sa minute d'angoisse lui aussi.

— Pourquoi parles-tu d'une minute d'angoisse, Huguette ?

— Parce que nous l'avons tous ressentie, chacun à notre tour depuis hier, d'après ce que tu m'as raconté toi-même hier, avant que nous allions nous coucher.

— Ah ! c'est tout de même curieux. Nous couvons peut-être tous une bonne grippe et prenons un accès de fièvre pour une idée ou une impression cérébrale.

— C'est possible, après tout.

— J'ai envie d'aller voir à la chambre de Gilles. Déjà qu'il n'a pas soupé hier soir, il est en retard pour le déjeuner. Lui, est peut-être très malade. Nous sommes peut-être déjà tous atteints du même mal.

— Laissez, mademoiselle Thérèse, je vais aller frapper à la porte de Gilles.

Thérèse, un peu dépitée, regarda la jeune fille s'éloigner. En quelques pas, Huguette fut près du studio de Gilles Rimbert. La pièce en question se trouvait au même étage que la chambre de Thérèse. La jeune fille frappa. N'ayant aucune réponse, elle recommença et comme pour la troisième fois elle allait frapper, elle faillit crier, prise de panique. Elle n'osait plus se retourner, elle attendait elle ne savait quoi. Son cœur battait à se rompre. Elle faillit même fermer les yeux dans l'attente d'un coup terrible, quand une voix la tira de cette horreur...

— Huguette, que faites-vous à ma porte ?

La voix avait comme rompu le sortilège. Elle put se retourner vivement. Les yeux agrandis, elle regardait Gilles Rimbert qui devait revenir de la salle de bains après avoir fait sa toilette.

— Je ne vous ai pas entendu venir.

— Ce n'est pas étonnant, j'ai des pantoufles de feutre.

— Vous étiez derrière moi ?

— Mais, bien sûr. La preuve...

— Ah ! vous n'êtes pas malade, Gilles ?

— Malade ! Quelle idée !

— Pourquoi ne vous a-t-on pas vu hier soir ?

— Je suis rentré plus tard que d'habitude. J'ai travaillé après les autres à l'école. Et quand je suis arrivé à la maison, je n'ai pas osé déranger Mlle Thérèse...

— Vous n'avez pas soupé ?

— Non. Non, je n'ai pas soupé. Je n'avais pas faim.

— Vous allez venir déjeuner ? On vous attend.

— Ce matin, j'ai faim. Je vais manger... je vais manger énormément. J'ai une vraie faim de loup.

Huguette avait reculé d'un pas. Et tandis que Gilles rentrait un instant chez lui, un sourire éblouissant aux lèvres, la jeune fille continuait à s'éloigner à reculons, comme si elle craignait maintenant l'influence de Gilles...

À quelques jours de là...

— Tu as encore beaucoup à écrire, Huguette ?

— Oui, pas mal.

— Tu ne trouves pas que nous vivons quelque chose d'étrange depuis quelque temps ?

— Mademoiselle Thérèse, vous avez vraiment cette impression ?

— Oui. Je n'ai pas encore osé en parler aux hommes de peur qu'ils me trouvent stupide ou trop romanesque.

— Oh, moi je ne suis pas romanesque, et pourtant je suis de votre avis. Il se passe quelque chose de bizarre dans cette maison, mademoiselle Thérèse.

— Mais quoi ?

— Je ne sais pas...

— Mais c'est vrai. Ce n'est plus, dans la maison, comme autrefois. Tout le monde a une allure suspecte depuis... depuis le soir où moi la première, j'ai ressenti...

— Dites-moi exactement ce que vous avez ressenti, mademoiselle Thérèse. Il y a longtemps que je veux vous le demander, mais je n'osais pas.

— Ce fameux soir, je me suis sentie comme si quelqu'un me regardait d'une façon terrible derrière moi. Comme s'il y avait un regard planté entre mes deux épaules, un regard brûlant qui me transperçait jusqu'aux os.

— Ça alors ! c'est extraordinaire ! C'est aussi la sensation que j'ai eue quelques minutes plus tard, et si j'en crois les résultats de ma petite enquête du soir même et du lendemain matin, c'est la sensation qu'ont eue Pierre en montant chercher le cognac, et Georges quand il s'est coupé dans la salle de bains. Rappelez-vous, nous nous sommes tous demandé si nous n'étions pas atteints d'une fièvre collective. Gilles Rimbert lui-même, la veille, n'était pas venu souper. Je suis sûre que malgré ce qu'il nous a raconté, il était rentré depuis longtemps. Il avait dû ressentir la même angoisse et c'est cela qui l'avait gardé dans sa chambre sans souper.

— Huguette, peut-être que nous exagérons, peut-être que nous inventons de toutes pièces ce roman extravagant. Essayons de chasser ces idées-là.

— Je ne demande pas mieux, mais je n'y peux rien. Depuis ce fameux jour, je n'ai plus la même tranquillité d'esprit.

— Dis-moi, Huguette, toi qui passes une partie de ton temps en dehors de cette maison, quand tu es loin d'ici, loin de cette demeure, est-ce que tu ressens l'angoisse qui nous poursuit en ce moment, par exemple ?

— Non, non. Vous me faites penser que, sortie d'ici, je me sens parfaitement tranquille, saine et pleine d'entrain. Et ce n'est que lorsque je reviens, lorsque je mets le pied dans la maison, que le malaise me reprend.

— Ah, c'est donc ça. Moi, l'angoisse ne me quitte plus. Quelquefois, lorsqu'il n'y a plus personne dans les chambres, au lieu d'avoir peur d'être seule, tout à coup, je me sens très calme, je me sens comme autrefois. Je vaque aux soins du ménage sans plus penser à rien. Ce n'est que lorsque l'heure du retour de chacun arrive que je reprends mon inquiétude.

— Nous devrions parler de tout cela avec Pierre. Il s'intéresse beaucoup aux problèmes psychiques, il pourrait peut-être expliquer ce qui se passe ici. Georges, lui, les événements l'ont rendu plus silencieux. On dirait qu'il n'a plus envie de parler à personne.

— Je l'ai remarqué, et cela aussi n'est pas sans me troubler, je t'assure.

— C'en est rendu à un point qu'on a de la difficulté à étudier le soir.

— C'est affreux ce que tu me dis là. En tout cas, ça ne fait pas le même effet sur tout le monde, parce qu'il y en a un qui travaille sans arrêt. C'est Gilles.

— Ah oui, vous croyez ?

— Moi qui fais sa chambre tous les matins, je peux te le dire. J'ai l'impression qu'il passe une partie de ses nuits à dessiner et à peindre.

— Oui. Je lui ai rendu visite l'autre jour, il m'a montré ses travaux. Il a une curieuse inspiration, vous ne trouvez pas ?

— Ça, c'est vrai.

— C'est peut-être que je ne comprends rien à la peinture moderne. Moi, vous savez, les arts, je ne m'y suis jamais beaucoup intéressée.

— Moi, j'adore les arts.

— Et vous comprenez ce que barbouille Gilles ?

— J'admets que ce qu'il fait est curieux. L'autre jour, il m'a présenté une toile en me disant : « Cela représente le regard d'une âme solitaire. » Je n'apercevais sur sa toile que de grands coups de pinceau, plutôt comme des flammes, mais pas le moindre regard, ni quoi que ce soit de certain...

— Vous ne pensez pas que ce pourrait être lui... enfin... qui a changé l'atmosphère de la maison ?

— Huguette, qu'est-ce que tu dis là ? C'est ridicule... Gilles est le plus charmant des êtres. Et il est toujours à sourire. Quand il te regarde, c'est avec franchise, douceur...

— C'est bon, c'est bon, mademoiselle Thérèse, n'en parlons plus. Seulement, méfiez-vous, j'ai l'impression que vous commencez un petit béguin pour ce Gilles.

Entre les deux femmes, il y eut comme un petit froid à partir de cet instant. Huguette s'était rapprochée de Pierre et, ce jour-là, revenant ensemble de leurs cours sous la première neige de fin novembre...

— Voilà ce que m'a dit Thérèse, ce que j'ai pu savoir de Georges et ce que je pense, moi. Toi, qu'est-ce que tu dis de tout cela ?

— Justement, je ne sais pas quoi dire. Mais tu peux être sûre que ça me turlupine. Moi aussi, j'ai fait ma petite enquête. Sais-tu ce que m'a avoué Luc Verron, quelques jours après le fameux soir où toi et Thérèse avez fait votre première petite crise nerveuse ?

— Non... quoi ?

— Il m'a dit que ce soir-là, il avait soupé plus tôt que d'habitude et rentrait à la maison, lorsqu'en approchant, il avait aperçu un homme braqué sous la fenêtre de la salle à manger où nous étions tous à ce moment-là.

— C'est vrai ?

— Oui et cet individu-là avait les deux mains sur l'appui de la fenêtre et regardait fixement à l'intérieur.

— Est-ce qu'il a pu voir de qui il s'agissait ?

— Il n'est pas sûr. Quand il s'est approché, l'autre a disparu très vite. Mais il a eu nettement l'impression que c'était Gilles. Tu te souviens, Gilles n'était pas à table avec nous ? Nous l'avions attendu longtemps avant de commencer à manger.

— Qu'est-ce que ça signifie, Pierre ?

— Je ne sais pas...

— C'est tout de même trop extraordinaire tout ça.

— Si je n'étais pas si intrigué, je déménagerais.

— Moi aussi. Je suis tentée chaque jour de faire ma valise et de m'en aller. Et puis, je ne sais pas, il y a quelque chose qui me retient. Tu as vu les peintures de Gilles ?

— Non. Il n'a jamais daigné m'inviter chez lui, bien que moi je l'aie invité plusieurs fois à ma chambre.

— Ses travaux sont bien étranges.

— Tu trouves ?

— C'est un archimoderne. Il te dit : « Regardez cette montagne » et toi tu vois une paire de pantoufles. Ou bien : « Voyez la profondeur de ce regard » et tu vois un feu de cheminée. Enfin, c'est sûrement un peintre d'avant-garde.

— Ça, c'est bien son droit. Il n'est pas le seul, hein, à faire des trucs incompréhensibles. Bon, eh bien ! nous voilà arrivés. Rentrons dans la maison hantée.

— C'est curieux, j'ai dit la même chose à Mlle Thérèse, que j'avais l'impression que la maison était hantée.

Et ce fut ce soir-là que le drame se produisit. Tout le monde était rentré chez soi. Thérèse Ladouceur lisait dans son lit à la lueur d'une lampe de chevet quand, sans l'avoir entendu approcher, elle aperçut à la porte de sa chambre, beau comme un archange, Gilles Rimbert. L'étonnement empêcha la vieille fille d'ouvrir la bouche. Lui avançait vers elle, un sourire lumineux sur les lèvres, un regard si tendre, si doré au fond de ses prunelles, que Thérèse en restait saisie. Ce n'est que lorsqu'il fut tout proche d'elle que la décence lui fit relever jusqu'à son cou les couvertures. Il n'eut qu'un geste à faire pour les remonter tout à fait jusqu'à la bouche de la malheureuse...

Le lendemain matin, Pierre Testu découvrit ce qui s'était passé. Voyant que la table n'était pas mise pour le déjeuner et que la porte de la chambre de Thérèse était ouverte, il s'approcha du seuil et... aperçut l'horrible chose. Gilles Rimbert, debout devant un chevalet qu'il avait transporté là, peignait à grands coups de pinceau une pauvre loque aux yeux exorbités d'horreur, au teint déjà sombre...

— C'est très ressemblant, vous ne trouvez pas ?

Cette fois, le peintre fou avait vraiment réussi son œuvre.

LA SAINT-JEAN-BAPTISTE

L'année scolaire tirait à sa fin et déjà, dans sa petite chambre, Jean Mercier corrigeait les premiers examens de ses élèves. Bientôt, il quitterait le village de Marny, séjournerait quelque temps chez ses vieux parents à Montréal, puis il partirait à l'aventure, s'arrêterait ici ou là jusqu'à ce qu'il ait dépensé les économies qu'il avait faites en vue de ses longues vacances. Presque trois mois entiers de repos ! Quand il y songeait, il ne pouvait s'empêcher de soupirer...

— Ah ! tout de même, la profession d'instituteur a ses bons côtés.

Il corrigeait consciencieusement ses devoirs d'examen tout comme il avait corrigé les devoirs ordinaires au long de l'année, mais il lui semblait qu'il devait faire un effort particulier ce soir-là pour donner toute son attention à son travail. Jean Mercier était un garçon plein d'initiative et pendant les dix mois qu'il venait de passer à Marny, on s'en était rendu compte. Il avait lancé d'abord un cercle de jeunes naturalistes parmi ses élèves, puis il avait fondé une coopérative chez les écoliers. Il avait même pensé à organiser des distractions pour les braves gens de Marny, leur faisant des séances de cinéma gratuites, grâce à des films qu'il obtenait de divers services gouvernementaux. Il avait de plus fondé un club de joueurs de cartes où l'on s'adonnait indifféremment au bridge, au cœur ou au canasta. Ce dernier jeu, il avait dû l'enseigner lui-même à tous ceux qui voulaient l'apprendre, car avant l'arrivée de Jean Mercier, personne à Marny n'en avait même entendu parler. Non, Jean Mercier n'avait pas perdu son temps pendant ces dix mois puisqu'il s'était imposé toutes ces occupations en plus des travaux de sa charge. Mais depuis assez longtemps déjà, il réfléchissait à quelque initiative nouvelle qui lui permettrait de se signaler avant son départ. C'est pendant que pour la vingt-deuxième fois il s'assurait qu'un élève avait mis sur sa copie une définition du mariage bien exacte et conforme à celle du petit catéchisme qu'il subit le choc d'une idée qu'il trouva formidable... Plus il y pensait, plus il se répétait : « Mais ça y est ! c'est en plein ce que je cherchais ! »

Il restreignit cependant son enthousiasme. Ce n'était qu'une idée, le projet n'était certainement pas encore mûr. Et puis, surtout il avait en ce moment bien autre chose à faire qu'à rêvasser. « Autrement, je n'en sortirai pas de cette correction d'examens. »

Il fallait, au contraire, qu'il se débarrassât au plus vite de sa besogne afin de pouvoir se livrer à son aise ensuite au jeu des conjectures et à la mise en action de l'idée encore plutôt vague qui lui trottait dans la tête. « Allons, dépêchons-nous. Le mariage est un sacrement qui unit l'homme à la femme... »

L'espace d'un instant, une autre idée vint se superposer à la première : l'idée qu'il n'avait guère eu le temps de penser lui-même au mariage, à ce sacrement qui unit l'homme à la femme. Où l'aurait-il trouvé, ce temps, à travers tous ses travaux ? D'ailleurs... « La vérité c'est que je n'ai pas encore rencontré une femme qui m'ait plu au point que je veuille l'épouser. » Et puis, n'est-ce pas, dans le village de Marny, un instituteur qui se respectait et qui voulait garder sa situation ne pouvait pas être un homme à aventures ! Il était plus prudent de jouer au canasta.

Avec un soupir de soulagement et un sourire de satisfaction, Jean Mercier posa le dernier devoir sur la belle pile de copies qu'il rapporterait à l'école le lendemain matin et qu'il distribuerait aux élèves immédiatement avant la séance d'examen d'histoire du Canada. Il était déjà tard. Il se déshabilla prestement et se glissa dans les draps frais de son lit de célibataire. La fenêtre était ouverte mais pas un bruit ne venait troubler le silence de la nuit. Tout Marny dormait déjà, sauf peut-être le Dr Belland qui avait coutume de répéter que les femmes de son village choisissaient, pour introduire leur chérubin en ce bas monde, les heures les plus excentriques.

Le silence régnait, l'obscurité était complète, mais cependant Jean Mercier n'arrivait pas à s'endormir. Cette fichue idée qui l'avait frappé comme un coup de massue, il fallait croire qu'elle ne l'avait pas suffisamment assommé puisqu'elle lui faisait l'effet contraire et le tenait éveillé... « La Saint-Jean-Baptiste, c'est une fête importante. Il faudrait célébrer ça dignement... Sans compter que saint Jean est mon patron. » Il était exténué à force de se tourner et se retourner sur sa couche. « Ah ! si je pouvais dormir. »

Lorsqu'enfin le sommeil l'envahit, ce ne fut pas un sommeil reposant. Il devint la victime inconsciente du rêve le plus abracadabrant qu'il ait connu depuis les jours lointains de son adolescence, un rêve au sujet duquel il eut été inutile de consulter la clef des songes, un rêve que M. Freud lui-même eut eu bien du mal à expliquer. Installé sur un coussin cramoisi, sur une immense estrade, un personnage qui avait toute l'allure, toute la majesté, d'un antique pontife, jouait seul au canasta et paraissait s'ennuyer lamentablement. Jean, lui-même, qui se voyait assis à la manière des fakirs sur une inconfortable planche cloutée à l'autre bout de l'immense pièce, se demandait si le pontife lui ferait l'honneur de l'inviter à partager son jeu. Mais il renonça à cet espoir et se cala du mieux qu'il pût sur les pointes acérées qui lui entraient dans les cuisses, lorsqu'il vit paraître une vieille femme qui, ayant écouté attentivement quelques mots que le pontife lui glissait à l'oreille et que Jean ne parvenait pas à saisir, se frappa dans les mains. Soulevant une lourde tenture de velours pour répondre à cet appel, une superbe et aguichante jeune fille vêtue de voiles s'avança jusqu'au milieu de la pièce. Une musique éclata et la jeune fille se mit à danser. Elle semblait danser autant pour Jean lui-même que pour le pontife, mais le pontife, lui, paraissait accepter seul l'hommage gracieux des gestes cadencés de la danseuse.

Jean examinait soigneusement le visage de cette charmante personne qui ressemblait étrangement à la photographie que le Dr Belland avait sur son bureau : la photo de Mlle Jacqueline Belland qui terminait ses études au couvent et que Jean Mercier n'avait jamais vue en chair et en os. Mais lorsqu'il reconnut la danseuse dans son rêve, il ne s'écria pas : « Mademoiselle Belland ! » non, il s'écria : « Salomé ! c'est Salomé et elle va réclamer... » « Tais-toi ! Si tu consens à ne rien dire, je ferai partie de ta coopérative. »

Devant une pareille déclaration, Jean ne put que faire un étrange grognement. Il en restait littéralement bouche bée, même dans son sommeil. Et la preuve c'est qu'il se mit à ronfler.

Il aurait quand même voulu protester. Il protesterait sûrement parce qu'il savait bien, lui, ce qui allait se passer. Il la connaissait l'histoire de Jean-Baptiste, d'Hérodiade et de Salomé. Qu'est-ce que ça pouvait lui faire que Salomé consentît à devenir membre de sa coopérative d'écoliers ? L'important, c'était d'empêcher Jean-Baptiste de se faire couper la tête... Il voulut hurler qu'il s'opposait aux projets de Salomé, mais, comme ce fut le cas pour son saint patron, il n'était qu'une voix qui criait dans le désert. Là-bas, le pontife ne l'entendait pas. Il jouait maintenant discrètement au bridge avec Hérodiade qui lui reprochait de trop loucher du côté de Salomé. Celle-ci continuait ses évolutions comme si elle tendait une immense toile où devaient finalement se prendre Jean-Baptiste d'abord et le pontife ensuite. Et pendant qu'elle dansait, elle disait entre ses dents à Jean : « Si tu te tais, je te permettrai d'entrer dans mon cercle de jeunes naturalistes. »

Malgré cette alléchante promesse, Jean se leva pour aller parler au roi, mais il se rendit compte aussitôt que les clous sur lesquels il était assis un instant plus tôt s'allongeaient jusqu'à devenir les barreaux d'une cage où il était maintenant enfermé telle une bête féroce. Des esclaves couraient sur lui, roulaient la cage jusqu'aux pieds du roi. Salomé interrompait sa danse et venait réclamer la tête de Jean-Baptiste. Et lui avait beau protester : « Voyons, je ne suis pas Jean-Baptiste, je suis Jean Mercier. Il y a une nuance », on ne l'écoutait pas. Salomé, impitoyable, répétait : « Je réclame sa tête, sans quoi je ne danserai plus ! »

Le roi, qui semblait maintenant préférer le jeu de cœur au jeu de bridge, acquiesçait d'un signe pour que Salomé se remît à danser. Et Jean voyait qu'on ouvrait sa cage, que les esclaves le forçaient à en sortir, qu'ils l'emmenaient et qu'ils allaient lui trancher la tête, et il trouvait des forces pour vociférer : « Mais, c'est ridicule, je ne suis qu'un pauvre diable d'instituteur qui enseigne à Marny ! Qu'est-ce que j'ai fait pour mériter la mort, surtout pour les beaux yeux d'une femme ? » Déjà les esclaves l'avaient fait dévaler un escalier menant à un souterrain, et là le bourreau armé d'une sorte de cimeterre levait son arme pour lui donner le coup fatal... À ce moment, un claquement net se fit entendre. C'était fini, le coup était donné.

Au même instant, Jean Mercier se réveilla, il se tâta la tête, se rendit compte qu'elle était toujours bien attachée à ses épaules. Mais lui, était trempé de sueur, et pour cause ! En faisant la lumière, il constata que la fenêtre avait glissé et s'était refermée toute seule. C'est ce bruit sans doute qui l'avait réveillé. Il alla la rouvrir, et après s'être soigneusement asséché se remit au lit. Mais il sentit qu'il ne se rendormirait pas. Déjà le jour se levait. Tant pis, sa nuit était fichue. Il se consola en se disant qu'il aurait bien le temps pendant les vacances de faire la grasse matinée. Les yeux fixant le plafond, il resta immobile à réfléchir à son projet jusqu'au moment où, comme tous les matins, il procéda à sa toilette avant d'aller déjeuner dans la grande salle à manger de Mme Legrand, sa logeuse, et de se rendre à l'école. Les élèves constatèrent bien que Jean Mercier avait les traits tirés, les yeux battus, le teint verdâtre ce matin-là, et ils s'attendaient à se faire tancer comme aux grands jours de mauvaise humeur. Mais leur désespoir fut détrompé. Au contraire, les bonnes notes pleuvaient. Jamais un examen d'histoire du Canada n'avait paru aussi facile aux cancres et aux derniers de classe...

— En quelle année et par qui fut découvert le Canada ?

— En 1925, par Christophe Colomb.

— C'est parfait.

Les écoliers n'en revenaient pas. La vérité, c'est que Jean Mercier ne les écoutait pas. Tout au plus se permit-il d'interrompre un élève, qui lui racontait que Madeleine de Verchères avait épousé un Iroquois au lac Ticondéroga, par ces mots qui firent rire toute la classe : « Pardon, mon enfant, vous voulez parler de saint Jean-Baptiste. »

L'instituteur sentit qu'il était temps qu'il se ressaisît, ou du moins qu'il cessât de penser tout haut. Il expédia rapidement cet examen oral, puis s'adressant à ses élèves, il leur dit :

— Je mets la note dix sur dix à tout le monde. Mais ça ne m'empêche pas de constater, mes chers élèves, que pour la plupart vous connaissez très mal l'histoire de votre pays. C'est peut-être qu'on n'a pas su vous l'enseigner et en cela je suis aussi coupable que les autres. Aussi, à ce sujet, il m'est venu une idée. Nous célébrerons dans quelques jours la fête de notre saint patron, Jean-Baptiste. J'aimerais que tous les écoliers de Marny et même la population profitent — je devrais dire profitassent — profitassent donc de cette occasion pour faire revivre d'une façon bien frappante quelques pages de notre histoire. Qu'est-ce que vous diriez si nous organisions dans Marny une parade de la Saint-Jean-Baptiste avec chars allégoriques, déploiement de drapeaux, chants patriotiques et tout le bazar ? Je veux dire, et tout le reste, comme à Montréal ?

Ce n'était qu'un ballon d'essai, mais cette simple suggestion de l'instituteur fut reçue avec un enthousiasme délirant par ses élèves. Il ne sut jamais cependant si ceux-ci acclamaient davantage l'annonce d'un dix sur dix en histoire du Canada ou celle d'une fête écolière populaire en perspective. Jusqu'ici tout allait très bien, mais Jean Mercier savait que pour mettre son projet à exécution, il lui faudrait obtenir d'abord la permission de M. le curé et aussi, sans doute, celle des commissaires d'écoles. Il décida donc de se rendre dès ce soir-là au presbytère.

Le curé Péladeau, se promenant de long en long sur sa galerie, achevait de réciter un psaume lorsqu'en levant les yeux il aperçut Jean Mercier qui s'avançait vers lui. Le visage rubicond du prêtre s'éclaira d'un large sourire. Il avait une bonne nature, franche et joyeuse, ayant gardé cette jeunesse du cœur indispensable aux enthousiasmes généreux et, à cinquante ans, il ne cherchait pas à jouer les vieillards. Contrairement à un grand nombre de ses ouailles, il n'avait pas vu d'un mauvais œil les innovations du jeune instituteur, qu'il avait trouvé tout de suite sympathique. Et comme le curé Péladeau exerçait sur ses paroissiens une saine autorité, son attitude avait grandement aidé Jean Mercier, l'étranger, à être accepté parmi les citoyens de Marny...

— Bonsoir, monsieur le curé.

— Bonsoir, monsieur l'instituteur.

— J'espère que je ne vous dérange pas ?

— Mais non. Je finissais justement de dire mon bréviaire. Assoyez-vous.

Jean Mercier ne se fit pas prier et le curé Péladeau se carra dans le gros fauteuil berçant à côté du sien, sortit sa blague à tabac et se mit à bourrer sa pipe...

— Alors Jean, vous allez bientôt nous quitter ?

— Eh oui !

— Mais vous nous reviendrez à l'automne pour reprendre votre enseignement.

— Oui, si les commissaires d'écoles veulent toujours de moi.

— Bah ! la question ne se pose même pas. Je ne vois pas pourquoi ils se passeraient des services d'un homme aussi compétent et aussi plein d'initiative que vous. Les classes se terminent le vingt-deux, je suppose que vous partirez le même jour pour Montréal ?

— Non.

— Non ?

— C'est-à-dire que j'avais l'intention de célébrer la Saint-Jean-Baptiste avec vous.

— Ah ! c'est une très bonne idée. Justement, cette année, je voudrais que nous fêtions dignement notre saint patron.

— Moi aussi.

— Je vous invite donc à la grand-messe et au salut du Saint-Sacrement qui aura lieu à cinq heures de l'après-midi.

— Vous pouvez compter sur moi, monsieur le curé, j'y serai. Mais j'avais aussi des projets... d'un autre genre, et je venais justement vous les exposer.

— Tiens ! tiens !

— Je voudrais que la Saint-Jean-Baptiste, tout en étant une fête religieuse, prit aussi les allures d'une fête populaire dans Marny. J'en ai déjà touché un mot à mes écoliers qui sont emballés par mon projet. Mais pour qu'il réussisse, il me faut votre appui, monsieur le curé.

Et alors, Jean se lança dans l'explication de son projet. Avec chaleur, il décrivit ce que serait le défilé dans les rues de Marny le jour de la Saint-Jean. Il ne ménageait ni les gestes ni son éloquence naturelle, mais s'il s'attendait à de l'opposition de la part du curé Péladeau, il fut bien étonné, car celui-ci, qui ne manquait pas d'imagination, s'emballa encore plus que les élèves de l'école de Marny...

— Je suis vraiment stupide de ne pas avoir pensé à ça plus tôt.

— Oh ! monsieur le curé...

— Non, non, je sais ce que je dis ! Je suis stupide ! Pourtant, j'ai quelquefois assisté au défilé de la Saint-Jean-Baptiste à Montréal et j'en ai été très ému. C'est cela en plus modeste qu'il faut répéter ici à Marny. Les marchands nous fourniront des camions que nous transformerons en chars allégoriques.

À mesure que le curé Péladeau et Jean Mercier parlaient, le projet se développait, prenait une ampleur que l'instituteur n'avait pas osé espérer. Dans un élan d'enthousiasme, le curé conclut :

— Toute la population doit participer à cette fête. Les hommes, les enfants, les vieillards...

— Et même les femmes !

Le grand mot était lâché. Il y eut un moment de silence pendant lequel le curé Péladeau regarda Jean Mercier jusqu'au fond de l'âme. L'instituteur en était mal à l'aise. Il crut un instant que, maladroitement, il venait de faire avorter son projet et que tout son bel échafaudage s'écroulait. Il avala sa salive, ouvrait la bouche pour dire quelque chose de vaseux lorsque le curé Péladeau, faisant la grimace, lui coupa le sifflet.

— Oh ! Les femmes ? Vous croyez ?

— Eh... bien... vu que vous aviez dit toute la population, monsieur le curé... j'ai pensé que... ça comprenait les femmes.

— Les femmes borderont les trottoirs et nous regarderont passer. Ce sera leur participation à la fête. D'ailleurs, il faut qu'elles s'occupent des enfants en bas âge.

Timide, Jean avança :

— Oui... mais celles qui n'ont pas d'enfants ?

Catégorique, le curé répliqua :

— Eh bien ! qu'elles en aient. C'est la revanche des berceaux qui nous a sauvés, nous, les Canadiens français ! C'est grâce aux familles nombreuses que nous existons comme entité. Alors, le jour de la fête nationale, le moins que les femmes puissent faire... non ! qu'elles en aient des enfants, monsieur l'instituteur.

Jean, cette fois, s'expliqua avec une certaine timidité :

— Sans doute... mais... je vous parle des jeunes filles, monsieur le curé.

— Ah ! pour les jeunes filles, c'est autre chose.

— Il me semble que si nous leur fournissions ce jour-là une saine distraction...

— Oui. C'est ce qu'il leur faut, de saines distractions. Et moi qui les entends à confesse, je peux vous dire qu'elles en ont besoin.

— Justement, si elles prenaient une part active à l'organisation de la fête...

— Moi j'ai constaté que, quand vous mêlez des femmes à un projet, c'est suffisant pour qu'il échoue. Mais enfin si vous pensez pouvoir contrôler les jeunes filles...

— Ah ! ça, je vous le garantis, monsieur le curé.

— Alors, vous êtes rudement fort. Dans ce cas, vous ferez comme vous voudrez.

Jean Mercier rayonnait. Cette fête serait vraiment la fête de tous ! Il fut décidé que le dimanche suivant, au prône, M. le curé Péladeau convoquerait une grande assemblée pour l'élection d'un comité d'organisation mixte, et l'instituteur retournant chez lui dormit du sommeil du juste. Il ne rêva ni de Salomé qui avait les traits de Mlle Belland, ni de Jean-Baptiste dont on apportait la tête sur un plateau d'argent. Le cinéma des rêves faisait relâche cette nuit-là. Et Jean se reposa à son aise. Le dimanche suivant, il ne put s'empêcher de remarquer, comme bien d'autres personnes du village, que le Dr Belland n'était pas seul à la messe. Sa fille, Jacqueline, qui venait de terminer ses études, était arrivée à Marny la veille et accompagnait son père à l'église. Comme tous les couvents chics, celui où elle avait été pensionnaire pendant des années avait fermé ses portes au moins huit jours plus tôt que les écoles ordinaires. Jean ne la connaissait que par la photo qu'il avait vue d'elle sur le bureau du Dr Belland, les rares fois où il était allé le consulter, mais il ne pouvait détacher ses yeux du visage de la jeune fille, car il avait beau faire, sans cesse revenait à sa mémoire la vision qu'il avait eue d'elle en rêve. D'elle qui était une Salomé réclamant la tête d'un Jean-Baptiste qu'il assimilait à lui-même. Il la regardait avec une admiration mêlée d'un peu d'effroi. Incontestablement, elle était jolie dans toute la splendeur de ses dix-huit ans. Mais, peut-être sous l'influence du rêve qu'il avait fait, il sembla à Jean que cette beauté cachait des instincts cruels. Pourtant, elle priait avec ferveur et quand le curé monta en chaire, elle écouta avec attention ce qu'il avait à dire. Lorsqu'il parla du projet au sujet de la Saint-Jean-Baptiste et qu'il annonça la tenue de la grande assemblée mixte, le visage de Jacqueline Belland s'illumina d'un sourire de satisfaction et Jean la vit se pencher du côté du docteur et lui murmurer quelques mots à l'oreille. Le médecin fit oui de la tête et sa fille redevint attentive aux propos du curé Péladeau.

Mais Jean, lui, sans pouvoir expliquer pourquoi, sentit une espèce d'inquiétude se faire jour en lui. Il croyait entendre le curé s'adresser à lui en pleine église devant tous les paroissiens et lui demander : « Jean Mercier ! croyez-vous encore pouvoir contrôler les jeunes filles de Marny ? » Et il s'entendait répondre sans réfléchir : « Ah ça ! je vous le garantis, monsieur le curé. »

Facile à dire. Mais il s'était peut-être trop avancé parce que Jacqueline Belland s'était tournée de son côté et lui adressait un sourire aguichant sans doute mais qui était contredit par l'ironie cinglante qu'elle faisait passer dans son regard. Jean Mercier fixa le maître-autel où le prêtre, son sermon terminé, entonnait le credo et jusqu'à la fin de la messe, il n'en détacha pas les yeux. Il allait s'esquiver lorsque sur le perron de l'église le Dr Belland le rattrapa et lui présenta Jacqueline...

— Enchanté, mademoiselle.

— Alors, c'est vous l'instituteur à qui l'on doit tant d'initiatives ? Je vous félicite en tout cas de votre dernière idée. Ça va mettre un peu d'entrain dans Marny, car entre nous notre village est assez morne.

— Je ne trouve pas. Il y a ici des gens charmants.

— En effet, des gens charmants d'une part et des... Jean Mercier de l'autre.

Le jeune instituteur, pris au dépourvu, n'eut rien de mieux à répondre que :

— Vous avez beaucoup d'esprit, mademoiselle. Enfin, des goûts et des couleurs...

— Il ne faut pas discuter. Vous avez raison, au revoir, monsieur.

Jean Mercier se trouva parfaitement idiot. En regardant s'éloigner la jeune fille au bras de son père, il songea : « Eh bien ! j'ai compris. Il ne faut pas trop la contredire celle-là. » Et pour se venger de lui avoir dit qu'elle avait de l'esprit alors qu'elle venait de faire un mauvais calembour, il ajouta pour lui-même : « Elle est bien jolie... surtout quand elle danse ! Dommage qu'elle soit si bête. »

Et de plus en plus, dans sa pensée, l'image de Salomé se superposa à celle de Jacqueline Belland, si bien qu'il n'arrivait plus à les différencier l'une de l'autre. Il tâta l'étoffe de son complet du dimanche pour bien s'assurer qu'il ne portait pas seulement une peau de mouton comme un Jean-Baptiste qu'il était... Mais le lendemain, lors de l'assemblée en vue de la formation d'un comité pour la célébration de la fête patronale à Marny, Jean Mercier souriait de ses craintes. La réunion fut un grand succès. Hommes, femmes, jeunes filles et jeunes gens, tous étaient là et manifestaient leur entrain. En moins de cinq minutes, M. le curé Péladeau lui-même fut élu président d'honneur du comité. Et comme il était homme d'action, il remercia brièvement et ajouta aussitôt :

— Et maintenant, il faut élire un président d'office, celui qui devra porter, de fait, toute la responsabilité de cette organisation. Comme il s'agit d'un projet émis et mûri par notre instituteur, je suggère que nous élisions M. Jean Mercier. Est-ce accepté ?

Les applaudissements furent nourris. Les choses allaient rondement. Jean Mercier arbora un sourire modeste pour dire :

— Je vous suis très reconnaissant de l'honneur que vous me faites et j'essaierai de m'en montrer digne. Maintenant, nous pourrons procéder au véritable travail d'organisation. Je...

À ce moment-là, une voix claire qui ne s'adressait même pas à lui s'éleva dans la salle :

— Pardon, monsieur le président d'honneur, je veux dire monsieur le curé.

— Oui, mademoiselle Belland.

— Il me semble à moi que vu que la fête doit être mixte, les femmes devraient avoir leur place sur...

Jean saisit l'occasion :

— Mais, elles auront leur place, et nous comptons particulièrement sur les jeunes filles pour...

La jolie voix se fit agressive :

— Je vous prierais de ne pas m'interrompre avant de savoir ce que j'ai à dire, monsieur l'instituteur.

— Excusez-moi.

Les yeux de Jean Mercier se posèrent sur le visage étrangement épanoui de M. le curé Péladeau. Il aurait juré que celui-ci venait de s'esclaffer. Mais le curé Péladeau toussa, reprit son aplomb et s'obstina à regarder le plafond d'un air angélique, pendant que Jacqueline Belland continuait.

— Il me semble que si les femmes sont à la tâche, elles doivent être aussi à l'honneur. C'est pourquoi je suggère qu'une femme soit élue coprésidente au même titre que M. Jean Mercier. Qu'est-ce que vous en dites, mesdames, mesdemoiselles et vous aussi messieurs ?

Jean Mercier comprit qu'il devait dire quelque chose...

— Je remercie Mlle Belland de sa proposition constructive... Mais qui donc pourrions-nous élire coprésidente ?

Il n'avait pas aussitôt prononcé ces paroles qu'il se rendit compte qu'il venait de commettre une maladresse monumentale. Jacqueline Belland le foudroyait du regard pendant que, de toutes parts dans la salle, s'élevaient les cris : « Mademoiselle Belland ! » Pourquoi n'y avait-il pas songé lui-même ? Jacqueline se récusait, affirmait que sa proposition n'était pas intéressée, qu'il s'agissait tout simplement de sauvegarder les droits de la femme. Rien n'y fit. On réclamait toujours : « Mademoiselle Belland ! Mademoiselle Belland!!! » Celle-ci s'écria alors, avec une autorité étonnante pour ses dix-huit ans, mais bien féminine : « Je réclame un vote de confiance. »

Ce fut quasi unanime ! Presque toutes les mains se levèrent. Et alors Jean se souvint brusquement que le Dr Belland, en plus d'être médecin et commissaire d'écoles, était également le meilleur organisateur politique de l'endroit. Et il leva la main comme les autres. Pendant que Jacqueline s'avançait en triomphatrice pour prendre place à ses côtés sur l'estrade, le curé Péladeau se pencha à l'oreille de Jean et lui dit : « Vous avez voulu avoir des femmes dans cette organisation, vous en avez. Moi je vous avais prévenu ! Et maintenant, bonne chance, mon cher. » En effet, les ennuis de Jean Mercier ne faisaient que commencer.

Jean Mercier n'était donc plus seul à la tête du comité d'organisation pour la célébration de la fête de la Saint-Jean-Baptiste à Marny. C'était pourtant lui qui avait eu l'idée des manifestations qu'on préparait, mais il ne tarda pas à s'apercevoir qu'il devrait compter avec sa coprésidente, Jacqueline Belland, qui semblait de plus en plus vouloir en revendiquer toute l'initiative. Le jeune instituteur constata également que la fille du docteur et lui-même avaient, sur la plupart des sujets, des idées diamétralement opposées.

— Je suis d'avis que les chars allégoriques de notre cortège devraient rappeler certains faits de notre petite histoire et aussi certaines des plus jolies légendes canadiennes.

— Moi, je verrais plutôt un défilé très moderne où l'on rendrait hommage aux arts, à la science et à l'industrie du Canada du XXe siècle.

— Enfin nous verrons. De toute façon, il est sûr que nous devrons préparer un feu de la Saint-Jean. Toute la jeunesse y participera et...

— Si vous voulez attirer la jeunesse, organisez plutôt des danses dans les rues. Un feu de la Saint-Jean, c'est vieux jeu, tandis qu'avec un bon orchestre...

Jean Mercier commença à regretter amèrement d'avoir insisté auprès du curé Péladeau pour que l'élément féminin de Marny prît part à la fête. Il était maintenant convaincu qu'il aurait dû croire cet homme d'expérience lorsqu'il prétendait que les femmes viendraient tout simplement gâter la sauce et lui prédisait les ennuis qu'il avait maintenant sur les bras. Quant à Jacqueline, elle rentrait furieuse de chacune des réunions et passait son temps à dire à son père :

— Ah ! ce garçon, il m'embête de plus en plus.

— Quel garçon ?

— L'instituteur.

— Il n'est pas gentil ?

— Ah non ! Il contrecarre tous mes projets.

— C'est vrai ? Il en a du toupet.

— Oui, il en a.

Un soir, après une discussion particulièrement orageuse, elle quitta la réunion en faisant claquer les portes et s'amena, blanche de colère, à la maison. Sans prendre le temps d'enlever son chapeau, elle entra en coup de vent dans le bureau du médecin et lui dit :

— Écoute, papa, il va falloir que tu fasses quelque chose au sujet de cet instituteur.

— Encore ?

— C'est devenu intolérable. Alors, je te demande de m'appuyer contre cet étranger qui prétend faire la loi à Marny.

— Tu sais bien que je ne demande pas mieux que de t'être agréable, Jacqueline.

— Alors, agis, papa. Agis.

— Mais qu'est-ce que tu veux que je fasse ?

— Est-ce que tu n'es pas commissaire d'écoles ?

— Oui.

— Est-ce que tu n'as pas une énorme influence sur les autres commissaires ?

— Sans aucun doute.

— Alors, je te demande de faire comprendre à ce Jean Mercier que s'il ne cesse pas de m'humilier publiquement, tu te serviras de ton influence pour qu'on se débarrasse de lui.

— Mais Jacqueline !

— Je te le demande, papa.

— Bon.

En père bien élevé, le Dr Belland se montrait toujours obéissant quand il recevait un ordre de sa fille. Il rendit visite à Jean Mercier le même soir, et avec des phrases pleines de sous-entendus, il signifia au jeune homme qu'il devrait filer doux s'il ne voulait pas avoir à s'en repentir. Et avant même que Jean ait pu protester, il le quitta. Cependant, celui-ci se rattrapa le lendemain matin dès qu'il aperçut Jacqueline... Elle s'en allait faire des courses, et lui se rendait à l'école...

— Je ne suis pas fâché de vous rencontrer seule, mademoiselle Jacqueline.

— Eh bien ! moi, si j'avais su que j'allais vous rencontrer, je serais restée chez moi.

— Je vais enfin pouvoir vous dire ce que je pense de vous et de vos tactiques.

— Si vous croyez pouvoir me traiter comme une élève, vous vous trompez. Je viens de terminer mes études, j'en ai fini avec les institutrices et même avec les instituteurs comme vous.

— Ah ! je vous connais, vous. Ou plutôt je vous reconnais. Ce n'est pas la première fois que je vous vois à l'œuvre.

— Qu'est-ce que vous racontez ?

— Oui, je vous ai déjà aperçue en rêve, l'autre soir.

— Vous avez rêvé de moi ? Mais vous êtes fou !

— Ah non ! je ne suis pas fou. Je répète que je vous reconnais...

Après une hésitation, il laissa tomber :

— Salomé !

— Quoi ?

— Oui, Salomé. Dans mon songe, vous réclamiez la tête de Jean-Baptiste.

— Ça ne vous va pas d'organiser des défilés et des cortèges. Comment pouviez-vous rêver de moi puisque vous ne m'aviez jamais vue ?

— J'avais vu votre photo dans le bureau de votre père. Ça m'a suffi.

— Et dans votre rêve, j'étais Salomé ?

— Parfaitement.

— Et... je dansais ?

La jeune fille rit à perdre haleine.

— Et comment ! Je veux dire, oui.

— Pour avoir la tête de Jean-Baptiste sur un plateau d'argent ?

— Oui. Et aujourd'hui, vous recommencez.

— Comment je recommence ?

— C'est ma tête à moi que vous réclamez. Et à votre père qui est commissaire d'écoles. Vous la voulez ma tête, hein ?

— Vous vous êtes suffisamment payé la mienne depuis quelques jours, je peux bien exiger la vôtre.

— Oui ? Eh bien ! vous saurez que ces menaces-là ne m'intimident pas. Si je ne peux plus gagner ma vie comme instituteur à Marny l'automne prochain, j'irai ailleurs, quelque part en Abitibi, peut-être.

— Écoutez, monsieur le coprésident, je sens que nous ne nous entendrons jamais.

— Je l'ai senti avant vous. Je m'en suis rendu compte sur le perron de l'église quand vous m'avez parlé.

— Il ne s'agit pas de ça. Nous devons nous élever au-dessus des mesquines questions d'ordre personnel...

— Oui. Oh ! les grands mots, ça vous connaît.

Cette fois, elle était furieuse.

— Voulez-vous cesser de m'injurier ?

— Je ne vous injurie pas, je dis la vérité.

— Écoutez, voici ce que je vous propose : nous avons accepté tous les deux une tâche, nous devons l'accomplir même si nous ne concevons pas de la même façon les moyens à prendre pour y parvenir. Alors faisons une chose. Partageons-nous la besogne.

— Comment ça ?

— Disons que vous aurez pleine et entière autorité sur le défilé qui aura lieu l'après-midi de la Saint-Jean-Baptiste et que moi, par contre, j'organiserai à ma guise les réjouissances populaires de la soirée. Est-ce que vous acceptez ?

— J'accepte.

— Merci. Et maintenant, au revoir. Vous m'avez tout de même donné une idée avec votre Salomé.

Il était entendu que chacun des figurants du cortège fabriquerait son propre costume. Jacqueline passa toute la matinée à se choisir des étoffes au petit magasin de coupons de Mme Bilodeau et elle employa son après-midi à tailler et à coudre. Elle y allait avec tant d'entrain que le bruit de la machine attira son père qui vint demander :

— Qu'est-ce que tu fais là, ma fille ?

— Je me fabrique un costume pour la Saint-Jean-Baptiste. Je serai superbe dans cette robe, papa. Je te promets qu'on ne verra que moi sur le char allégorique.

— Je n'en doute pas. Tu es si jolie.

— Quand je paraîtrai, ce sera le clou, le grand moment de la fête. Dis, je ne fais pas trop de bruit, je ne te dérange pas ?

— Oh non, non ! Je suis content de te voir de si bonne humeur. Alors ça va mieux avec l'instituteur ?

— Oui.

— Ce que je lui ai dit a dû le faire réfléchir.

— Tu ne trouves pas que je vais être mignonne là-dedans ?

— Oui, mais qu'est-ce que c'est que ce costume ?

— Il s'agit d'une surprise pour toi... et pour Jean Mercier. Le docteur connaissait bien la vanité, la coquetterie de sa fille, mais il ne lui en faisait aucun reproche. Elle était si adorable sa Jacqueline. Le soir, lorsqu'elle arriva à la réunion qui avait lieu à l'école, on procédait déjà aux essayages. Elle alla donc s'enfermer dans une classe, enfila son costume, et lorsqu'elle fit son entrée dans la grande salle, elle obtint les exclamations d'admiration qu'elle escomptait. Jean Mercier attendit un moment, puis il dit :

— Qui vous a dit de vous fabriquer un costume comme celui-là ?

— Personne. Il m'est venu une idée mirobolante et je suis sûre que vous m'approuverez, mon cher coprésident. Sur le premier char allégorique où il y a Jean-Baptiste, il y aura aussi... moi, dans ce costume.

— Vraiment ! Et qui représenterez-vous ?

— Salomé réclamant la tête de notre saint patron.

Tout le monde fut d'accord pour trouver cette idée extrêmement originale, même ceux qui ne se souvenaient pas avoir jamais entendu parler de cette Salomé. Mais Jean mit sèchement fin à ce débordement d'enthousiasme.

— C'est impossible.

— Comment impossible ? Est-ce que je ne suis pas décente dans ce costume ?

— Décente et ravissante, mais c'est quand même impossible.

— Est-ce que je ne fais pas une Salomé en tout point respectable ?

— Respectable mais non point respectueuse de la vérité historique. Et vous vous voyez essayer de danser sur un camion en marche ? Et que dirait le curé Péladeau devant la fameuse danse offerte à un enfant de quatre ans et un mouton ? Non. Votre idée était peut-être amusante et même narquoise, mais elle est inapplicable. D'ailleurs, en ces matières, vous le savez, c'est moi qui décide. Je vous destine un tout autre rôle que celui-là.

— Lequel ?

— Celui d'une femme des premiers temps de la colonie qui, ayant été enlevée par les Indiens, est sur le point d'être brûlée vive par eux.

— Dois-je voir là-dedans, moi aussi, une pointe d'ironie ou bien une allusion voilée à un supplice que vous voudriez vous-même m'infliger, monsieur le coprésident ?

— Ni l'une ni l'autre, mademoiselle.

— Et quel costume me destinez-vous ?

— Celui d'une brave paysanne de cette époque.

— Ah non !

— Je vous prierais de bien vouloir l'exécuter au plus tôt. En voici le dessin.

— Mais c'est affreux.

— La vérité historique est respectée.

— Je vais avoir l'air d'une mégère sous ces hardes-là.

— Il devait pourtant y avoir à cette époque de bien jolies paysannes.

— Vous l'avez fait exprès pour m'humilier. Jamais, vous m'entendez ? jamais je ne consentirai à m'enlaidir pour vous faire plaisir.

— Rappelez-vous notre entente. C'est moi qui décide. Et si vous ne voulez pas jouer ce rôle ni porter ce costume, il n'y aura pas de place pour vous dans le défilé.

— Cette fois, c'en est trop !

Jacqueline fait demi-tour et s'éloigne, au paroxysme de la colère. Quand le Dr Belland rentra chez lui ce soir-là, il trouva sa fille en larmes et lorsqu'il connut la cause de son chagrin, il fit demi-tour et s'en alla de nouveau rendre visite à Jean Mercier...

— Décidément, ça devient une habitude. Vous me faites maintenant l'honneur de venir me voir tous les soirs, monsieur le docteur.

— Vous ne me reverrez pas souvent, monsieur l'instituteur. Je suis venu vous dire que vous avez fait pleurer ma fille, ma petite fille.

— Croyez bien que je le regrette.

— Et vous le regretterez bien davantage, mon jeune ami. Vous n'avez pas eu l'air de comprendre ce que je vous ai dit hier soir.

— J'ai parfaitement compris vos menaces. Mais je ne peux rien changer à ce que j'ai décidé. Même si cela doit me coûter ma situation. Si votre fille ne veut pas collaborer avec nous, nous devrons nous passer de ses services.

— Et nous, monsieur, nous nous passerons fort probablement des vôtres à l'automne. Nous n'avons pas besoin ici d'un instituteur comme vous. Soyez tranquille, vous ne verrez pas ma fille dans votre défilé.

Cependant, chez le Dr Belland, le père proposait mais la fille... disposait. Il était à peine revenu chez lui que Jacqueline lui dit :

— J'ai décidé de faire quand même partie du cortège, papa.

— Ah !

— Oui, habillée en souillon ou autrement.

— Mais je viens d'expliquer à l'instituteur que tu...

— Il ne gagnera pas. Il ne faut qu'il gagne, papa. Et je te promets que je serai, malgré tout, la plus jolie paysanne des premiers temps de la colonie. On ne verra que moi attachée à mon poteau de torture. Saint Jean-Baptiste, on ne le remarquera même pas.

— Ah bon !... C'est parfait, ma fille.

Ce que Jacqueline Belland ne disait pas à son père, c'est que plutôt que d'être bannie du cortège, elle aurait consenti à jouer n'importe quel rôle. Mais si elle avait su ce qui l'attendait le lendemain, elle serait sans doute restée à l'écart.

Dès la veille de la Saint-Jean-Baptiste, tout le village de Marny fut en effervescence. Vraiment, on sentait que l'idée du jeune instituteur prenait corps et que la célébration de la fête patronale serait un grand événement. Tous les figurants du cortège, à l'exception de Jacqueline Belland, avaient réclamé une espèce de répétition générale du défilé, et Jacqueline elle-même se joignit à eux lorsqu'ils s'amenèrent costumés dans la grande cour de l'école. Lorsque Jean l'aperçut dans la robe paysanne qu'il lui avait imposée, il alla vers elle et lui dit :

— Je ne m'attendais pas à vous voir ici. Votre père m'avait laissé entendre...

— J'y suis, ça doit vous suffire. Ne triomphez pas trop ouvertement, je vous en supplie.

— Oh ! vous vous méprenez sur le sens de mes paroles. Je ne suis pas rancunier. Et, tenez, pour vous prouver ma bonne volonté, j'ai obtenu pour vous de M. le curé Péladeau qu'on danse dans les rues de Marny demain soir, comme vous en aviez manifesté le désir. J'ai pensé que si je vous évitais cette démarche, vous m'en voudriez moins.

Jacqueline resta un instant éberluée. Du bout des lèvres, elle dit :

— Je vous remercie.

— Vous voyez que ce costume vous va bien. Vous êtes ravissante là-dedans.

— Je vous en prie, n'insistez pas.

Jean s'éloigna. Il avait fait un geste de conciliation. Si c'était inutile, il avait maintenant bien d'autres choses à faire. Il redressait la perruque de Dollard des Ormeaux, aplombait le fusil de Lambert Closse, rabibochait Champlain et M. De La Dauversière qui discutaient un peu trop vivement une question de politique municipale, rajustait le rabat du curé fondateur de Marny, aidait Madeleine de Verchères à s'installer derrière le fort qu'on avait dressé sur un camion. Et, sous les traits de tous ces personnages de notre histoire, il reconnaissait : Jules Lorti, le cordonnier ; Amable Perigord, le maréchal-ferrant ; Bertrand Dambreville, tenancier du bureau de poste ; Hector Sansoucy, le fils de la veuve de l'ancien maire ; Éméritus Beaupré, le journalier, et Huguette Miron, la petite serveuse du restaurant où il prenait son repas du midi, tous ces braves gens de Marny à qui il s'était grandement attaché pendant les dix mois où il avait fait la classe aux enfants de la petite ville. Il indiquait à chacun sa place, donnait des conseils sur le maintien et s'attendrissait devant la bonne volonté respectueuse que tous lui manifestaient à lui, un jeune homme de vingt-cinq ans, parce qu'il avait pris l'initiative de cette organisation et aussi parce qu'il était l'instituteur. Il fut saisi d'émotion lorsque Gédéon Chartier, transformé pour la circonstance en un imposant Mgr de Laval, lui dit sur un ton qui n'avait rien d'épiscopal mais toutefois en pointant le doigt vers le ciel : « Ça serait ben sacrant s'y fallait qu'y mouille. » Ainsi, cette célébration de la Saint-Jean-Baptiste avait pris pour tous ces gens une telle importance qu'ils en venaient à redouter les inclémences de la température.

Il les rassura : « S'il pleut demain, Gédéon, nous ferons la parade après-demain. » Gédéon se fendit d'un sourire : « Ah ben ! tant mieux, dit-il, comme ça y aura rien de perdu, pis on fera durer le plaisir. » Son visage se rembrunit et il ajouta : « Mais moi j'ai ben peur qu'y en tombe quèques grains à soir. » En effet, le ciel était devenu menaçant, moins menaçant peut-être que le Dr Belland qui venait d'arriver pour assister à la répétition et qui faisait peser sur Jean des regards furibonds, mais très durs tout de même. Jean songea qu'il valait mieux se dépêcher pour ne pas être surpris par l'orage. À mesure que les figurants avaient compris ce qu'ils avaient à faire, il les renvoyait. Mais eux, n'avaient guère envie de partir et ils allaient se joindre aux autres villageois curieux qui étaient venus se ranger en bordure de la cour pour voir ce qui s'y passait. Cela formait déjà un attroupement assez important. De temps à autre partaient de la foule, comme des fusées, des commentaires divers et parfois assez peu flatteurs. Une voix criait : « Aie ! prends garde de t'enfarger dans ton sabre, Éméritus ! » Une autre lançait : « Tu parles que t'as l'air fou, Gédéon ! avec tes grands cheveux pis ton chapeau sur le travers ! » Éméritus rougissait, poussait du coude Gédéon qui s'efforçait d'avoir un air réjoui devant les rires de la foule. Au fond la fête était déjà commencée. Les gens s'amusaient et il n'y avait pas à le leur reprocher, même s'ils s'amusaient aux dépens de ceux qui se dévouaient pour les distraire. Et ça continuait : « Attention que ton fusil te pète pas dans le visage, Amable ! » ou encore : « Regarde donc Jules s'il est beau en Iroquois, c'est pas surprenant que les sauvages passent souvent chez eux ! » De bons rires francs éclataient de tous côtés. Et comme tout cela était dit sans trop de malice et accepté en bonne part, Jean Mercier s'amusait autant que les autres. Il se donnait avec entrain à sa tâche et en arrivait à oublier que le Dr Belland lui avait prédit qu'il ne reviendrait pas à Marny comme instituteur l'année suivante. Il semblait étrangement inoffensif en ce moment, le Dr Belland. Il riait avec tout le monde et lançait de temps à autre à sa fille des petits saluts de la main. Jean décida de ne pas le faire languir davantage : « À vous, maintenant, mademoiselle Belland. »

Jacqueline s'avança, et alors personne n'eut la tentation de lancer le moindre quolibet. Quelques garçons se contentèrent de siffler d'admiration. Le docteur comprit qu'il s'agissait d'un hommage un peu vulgaire et se rengorgea. Jean Mercier ne put s'empêcher de penser que le médecin avait tout de même raison d'être fier de la beauté de sa fille. Même la robe d'étoffe grossière qu'elle portait n'arrivait pas à la rendre moins séduisante. On fit avancer jusqu'au milieu de la cour le camion camouflé en petite scène où s'installèrent les figurants du tableau vivant auquel Jacqueline Belland prêtait son concours. Au milieu de la scène, un poteau de torture avait été dressé. Des toiles peintes posées sur des caisses imitaient des rochers où quelques sapins coupés de l'après-midi même venaient d'être cloués et représentaient la forêt. Jacqueline prit place devant le poteau et Jean, avec le sérieux d'un metteur en scène dirigeant une répétition d'Athalie, lui dit :

— Vous avez bien compris votre rôle, mademoiselle Jacqueline. Vous êtes une jolie paysanne des premiers temps de la colonie et vous avez été enlevée par des indiens ennemis.

— Oui, je sais tout ça.

— Voici vos féroces ravisseurs qui se préparent à vous faire subir le supplice du feu.

Il désigna Jean-Charles Daignault, Adéodat Tranchemontagne et Onésiphore Perreault, qui avaient beau s'efforcer de prendre des airs cruels, ne parvenaient à faire croire à personne qu'ils avaient envie de supplicier la jeune fille. À voir la langueur qui transperçait sur leurs visages, on aurait plus facilement pensé qu'ils se seraient laissés hacher en petits morceaux pour elle plutôt que de lui faire le moindre mal. Ils paraissaient vraiment débonnaires et bons vivants...

— Qu'on l'attache !

Adéodat sursauta, poussa Onésiphore qui, avec d'infinies précautions, lia les mains de Jacqueline derrière le poteau.

— Vous êtes maintenant leur prisonnière. Vous ne pouvez pas leur échapper. Dans un instant, le barbare qui est là mettra le feu à ce poteau et alors ce sera le commencement de vos tortures. Mais un autre homme est caché dans ce coin, derrière ce sapin et ce rocher...

En effet, derrière le sapin, Aristobule Barsalou était assis, tenant dans sa main droite un sandwich qu'il semblait trouver délicieux et dans sa main gauche une bouteille de bière qu'il portait de temps à autre à ses lèvres.

— Voyons, Aristobule ! Tiens-toi un peu ! sans quoi on n'en finira jamais !

Aristobule protesta qu'il n'avait pas eu le temps de souper, mais consentit tout de même à prendre une pose un peu plus correcte. Et alors, Jean continua, le désignant toujours...

— Cet homme, mademoiselle Jacqueline, c'est l'homme qui vous aime.

Jacqueline ne put s'empêcher de rire.

— Oh non ! tout de même !

— L'homme qui vous aime, qui s'est rendu compte de votre disparition et qui vient vous sauver. Dans un instant, avec son fusil, il mettra en fuite vos ravisseurs et viendra rompre vos liens.

Jean Mercier avait à peine dit ces mots qu'une pluie diluvienne se mit à tomber. Et de fait, les ravisseurs prirent la fuite de même que l'amoureux qui devait sauver l'héroïne. La foule massée dans la cour se rua vers la salle de l'école pour y trouver refuge, entraînant avec elle l'instituteur qui dans la mêlée avait perdu de vue Jacqueline. Celle-ci, attachée à son poteau, hurlait...

— Ne me laissez pas là ! Détachez-moi ! Je vais être trempée !

Mais personne ne semblait l'entendre. Elle resta seule sous la pluie, attachée à son poteau où au lieu de subir le supplice du feu, elle subissait celui de la douche froide. Gédéon pendant ce temps retenait toute l'attention de l'instituteur, lui disant : « Je vous l'avais ben dit qu'y mouillerait ! Je le sentais dans mes os. » Mais alors on entendit le docteur qui se mit à crier...

— Ma fille ! Où est ma fille ? Où est Jacqueline ?

— Elle n'est pas avec vous ?

— Mais non, elle... Vous ne l'avez pas détachée ?

— Mais c'est vrai, elle était attachée.

Jean se précipita dehors et tous les yeux se tournèrent du côté de la cour où Jacqueline continuait à se faire copieusement asperger. En quelques secondes, il fut auprès d'elle, défit ses liens et la ramena au pas de course vers l'école. Mais lorsqu'ils firent leur entrée dans la grande salle, ils furent accueillis par un éclat de rire général. La robe de Jacqueline lui collait au corps. Avec sa chevelure transformée en cascades, son maquillage dégoulinant, son noir qui lui coulait le long des joues, elle était franchement comique à voir. Et pendant qu'elle fuyait sous les rires pour aller changer de toilette, elle se répétait :

— Il me paiera ça ! Ah oui ! il me paiera ça !

De son côté, le docteur était dans une colère folle. Il prit l'instituteur à part et pendant que Jean grelottait dans ses vêtements trempés, il lui dit sur un ton rageur :

— Vous l'avez fait exprès. Vous avez voulu humilier ma fille, vous avez choisi votre moment pour qu'on se moque d'elle...

— Mais je vous assure, docteur...

— Ah non ! taisez-vous, je vous connais ! Vous avez aussi voulu vous venger des menaces que je vous ai faites, mais maintenant, mon petit monsieur, il ne s'agit plus seulement de menaces ; je vous donne ma parole de commissaire d'écoles que vous ne remettrez pas les pieds à Marny l'automne prochain. Je demanderai, j'exigerai et j'obtiendrai votre renvoi. Vous avez compris ?

— Mais, docteur...

— Je vous demande si vous avez compris ?

— Oui.

— C'est parfait. Je vous conseille de faire votre valise et de partir tout de suite après la parade de la Saint-Jean-Baptiste, demain. Pour les réjouissances de la soirée, nous pourrons nous passer de vous. Ma fille y sera pour y veiller. Et ce sera moins grotesque que le spectacle que vous venez de nous offrir.

— Je n'en doute pas, mais cependant...

— Si elle n'est pas au lit avec une pneumonie. Et si elle en meurt, monsieur l'instituteur...

— Mais elle n'en mourra pas, voyons.

— Si elle en meurt, c'est vous qui en serez responsable.

Devant l'émotion du docteur, Jean n'osa pas protester davantage. Il rentra chez lui et de fait passa la soirée à préparer ses valises en vue de son départ le lendemain.

Enfin, le grand jour était arrivé, le grand jour qui pourtant semblait promettre des lendemains maigres au jeune instituteur Jean Mercier. Malgré tous les avatars de la veille, il courut à sa fenêtre dès son réveil et poussa presque un cri de joie en constatant qu'un soleil radieux luisait. La pluie avait dû cesser au milieu de la nuit. Tous les nuages s'étaient vidés ou avaient été dispersés par le vent et la voûte céleste avait retrouvé son bleu tendre. Jean Mercier s'habilla prestement, car il venait de se rendre compte qu'il avait dormi beaucoup plus tard que d'habitude, profitant déjà de ses premiers jours de vacances. Il avait tout juste le temps d'arriver à l'heure à la grand-messe à laquelle le curé Péladeau lui-même l'avait convié pour le jour de la fête patronale. À l'église, il aperçut Jacqueline Belland et son père. Il trouva à la jeune fille un air reposé, un teint frais et il nota que pas une fois pendant la messe elle ne toussa. Elle n'avait donc pas trop souffert de la douche qu'elle avait reçue la veille. Était-ce une illusion ? Il crut qu'elle souriait à un certain moment. De toute façon, même si elle souriait à un autre, c'était un signe de bonne humeur. Le docteur, cependant, évita systématiquement de regarder Jean. Lui, du moins, était toujours dans les mêmes dispositions à l'égard de l'instituteur. Et Jean se surprit à songer que l'annonce de son départ sans retour était peut-être la cause de la bonne humeur de Jacqueline et il se sentit triste tout à coup. Après la messe, pendant que le docteur, l'ayant vu venir, s'éloignait d'une façon si rapide qu'il paraissait prendre la fuite, Jean aborda Jacqueline et lui dit simplement :

— Vous serez là cet après-midi ?

— Mais bien sûr.

— Je veux dire, vous prendrez part au défilé ?

— Certainement.

— Je voulais simplement m'en assurer. Merci.

— Comptez sur moi. Je ne vous donnerai pas le plaisir de céder ma place à une autre.

Ainsi, le conflit existait toujours et Jean jugea inutile de prolonger la discussion. Il partit, mais presque aussitôt il croisa le curé Péladeau qui le prit par le bras et déclara :

— Je voudrais vous parler un instant.

— Mais certainement, monsieur le curé. Que puis-je faire pour vous ?

— C'est moi qui voudrais bien pouvoir quelque chose pour vous.

— Ah ! pourquoi donc ?

— Mon pauvre ami ! Vous voilà dans de bien mauvais draps. J'ai entendu parler de vos démêlés avec Mlle Belland et en particulier de l'incident d'hier.

— Ça va mal pour moi, n'est-ce pas ?

— Très mal ! Le docteur a déjà commencé à monter une cabale contre vous auprès des autres commissaires d'écoles.

— Ça ne m'étonne pas.

— J'ai tenté de lui faire entendre raison, mais que voulez-vous ? Vous avez commis le crime des crimes en ne passant pas par les trente-six volontés de sa fille unique. Ça, il ne vous le pardonnera pas.

— Mais que vouliez-vous que je fasse, monsieur le curé ? Elle passait son temps...

— Oh ! je vous comprends. Il a manqué à cette jeune fille quelques bonnes fessées dans son enfance ! Et maintenant il est trop tard pour les lui donner. Elle a été habituée à n'en faire qu'à sa tête et, soit dit sans méchanceté, elle a une tête où mijotent parfois des idées bizarres.

— C'est ce que j'ai constaté et c'est pourquoi je n'ai pas pu me soumettre à...

— Oui. À votre place, j'aurais agi exactement comme vous, ou plutôt non. Je vous l'ai dit, moi je n'aurais pas accepté de femmes dans mon comité.

— Vous savez, je suis de plus en plus convaincu que j'aurais dû suivre votre conseil.

— Eh bien ! vous ne l'avez pas suivi et maintenant vous vous en mordez les doigts. C'est dommage ! Vous m'étiez très sympathique. Enfin, j'essaierai encore de vous défendre, mais contre le docteur ça me sera bien difficile. Bon, je ne veux pas vous retenir. Seulement, promettez-moi de venir me faire vos adieux avant votre départ. À propos, quand partez-vous ?

— Cet après-midi, je crois bien, tout de suite après le défilé du cortège.

— Comment, vous ne restez pas pour la fête de ce soir ?

— Oh ! je n'ai rien à y faire, mon rôle sera terminé à ce moment-là. À cet après-midi, monsieur le curé.

Jean Mercier se rendit à l'école où, aidé de quelques autres, il commença à maquiller les écoliers qui participeraient au cortège et à voir aux derniers détails avant que se mit en branle la grande procession des temps anciens. Il eut tout juste le temps de manger quelques sandwichs qu'on lui apporta assaisonnés d'une mauvaise nouvelle qu'il transmit à Jacqueline dès son arrivée.

— Il me tombe un ennui, mademoiselle Jacqueline.

— C'est juste retour des choses. Depuis longtemps, vous en faites pleuvoir sur les autres !

— C'est un ennui pour moi et c'en sera peut-être un pour vous.

— Comment ça ?

— Aristobule Barsalou ne pourra pas venir cet après-midi.

— Tiens ! pourquoi ?

— Il a été engagé pour faire une course en taxi jusqu'à Montréal. Je ne pouvais tout de même pas exiger de lui qu'il refusât une pareille somme.

— Et qui avez-vous choisi pour le remplacer ?

— Je n'ai personne.

— Alors ?

— Alors, je le remplacerai moi-même.

Jacqueline se mit à rire.

— Comment, c'est vous qui serez dans le cortège, l'homme qui m'aime et qui vient me délivrer des mains de mes bourreaux ?

— Eh bien, oui... si vous n'y voyez pas d'inconvénient !

— Ça, c'est le comble ! Enfin, puisqu'il n'y a pas moyen de faire autrement, c'est parfait. Mais dépêchez-vous de vous maquiller.

Il fut prêt à temps et, lorsque le cortège s'ébranla, il était à sa place sur le camion, non loin de Jacqueline attachée au pieu du supplice et qu'il irait secourir. Le défilé fut un triomphe. Tous ceux qui ne participaient pas au cortège étaient alignés le long des trottoirs de la rue principale qui portait justement le nom d'avenue Saint-Jean-Baptiste. Chacun des chars allégoriques était applaudi chaleureusement. Certains reconnaissaient sous son camouflage le camion que le marchand Bisaillon avait prêté. Les chevaux de labour du cultivateur Tremblay avaient un air noble pour traîner ceux qui représentaient des personnages historiques. Les écoliers, habillés en petits pages ou transformés en joueurs de trompette, se faisaient acclamer. Jacqueline elle-même recueillit sa juste part d'exclamations admiratives. Elle entendit même quelqu'un dans la foule qui disait : « Hein, penses-tu qu'elle est belle ! Je le comprends lui, l'instituteur, de la manger des yeux comme ça. Mais à le voir la regarder de même, on croirait pas que ça fait des jours qu'y sont en chicane, ces deux-là ! » Cette réflexion la fit sourire. D'où elle était, elle pouvait difficilement apercevoir Jean. Elle fit cependant un effort pour tourner un instant la tête et put constater qu'en effet l'instituteur jouait très bien son rôle. Les tableaux vivants se succédaient et étaient reçus avec des cris de joie. Mais quand parut saint Jean-Baptiste accompagné de son mouton, ce fut du délire. Et Jean Mercier put se dire que l'initiative qu'il avait prise avait atteint son but. Il avait peut-être lancé, à Marny, une nouvelle coutume. Le défilé terminé, il s'empressa de se démaquiller et allait quitter l'école quand il vit Jacqueline venir vers lui...

— C'est à mon tour de vous demander, serez-vous à la danse de ce soir ?

— Moi ? Non. Je pars tout à l'heure.

— Vous ne pouvez pas faire ça. Vous êtes le coprésident de la fête. Vous devez aller jusqu'au bout de votre tâche. Moi, je ne m'y suis pas dérobée cet après-midi.

— Alors, c'est entendu. Je resterai.

Le soir, lorsqu'il arriva à l'endroit désigné pour la danse publique, il constata que Jacqueline Belland s'était vraiment très bien acquittée du travail qu'on lui avait confié. Une rue entière avait été fermée aux deux bouts et trois orchestres composés de musiciens du village et des environs jouaient des reels, des rigodons ou des airs modernes. Sur le macadam, les couples dansaient avec entrain. Tout de suite, il chercha Jacqueline à travers la foule. Il l'aperçut et son cœur se mit à battre plus fort. Jamais Jacqueline n'avait été plus jolie. Elle avait revêtu une longue robe de garden-party taillée dans un tissu fleuri dont les tons clairs faisaient ressortir l'éclat de son teint. Elle dansait un *set* américain et tournoyait aux bras d'un grand gaillard qui paraissait la soulever de terre comme si elle n'avait eu que le poids d'une plume... « ou d'une fleur », pensa-t-il. Il fut content d'entendre une voix crier : « Et domino les femmes ont chaud. » La danse s'arrêta. Jacqueline riait à belles dents lorsqu'elle le vit. Il crut que son rire allait se figer, mais au contraire elle s'avança vers lui et lui dit d'un air rayonnant :

— Bonsoir, mon coprésident.

— Bonsoir, mademoiselle Jacqueline. Je vous félicite, votre fête *est* parfaitement réussie.

— Merci. On peut en dire autant de votre défilé de cet après-midi. En somme, malgré certains petits incidents, notre collaboration a donné d'heureux résultats.

— Écoutez... c'est mon dernier soir ici... Faisons la paix, voulez-vous ?

— J'allais vous proposer la même chose.

— Alors, on est d'accord ?

— Nous sommes d'accord... pour la première fois.

— Ouf ! ça fait du bien.

Ils riaient tous les deux. L'orchestre entamait maintenant une valse. L'air était agréablement frais et parfumé de tous les effluves d'un début d'été. Jean se pencha à l'oreille de Jacqueline :

— Voulez-vous danser ?

— Pour vous ou... avec vous ?

— Pourquoi me demandez-vous ça ?

Elle lui répondit, d'un air espiègle :

— Avez-vous oublié que je suis Salomé... ou du moins que j'ai failli l'être ?

— Avouez que votre idée d'incarner Salomé dans le cortège n'était pas sérieuse. Vous avez fait ça surtout pour m'embêter.

Elle protesta :

— Oh ! mais pardon, si vous pensez...

— Ne discutons plus. Nous avons fait la paix. Voulez-vous danser... Salomé ?

— Oui.

Il l'enlaça et leurs pas s'entremêlèrent de la façon la plus gracieuse, comme si depuis toujours ils avaient appris à marcher ainsi en cadence l'un contre l'autre, l'un dirigeant et l'autre se montrant obéissante. Ils échangeaient pourtant des phrases banales.

— Où passerez-vous vos vacances ?

— Je ne le sais pas encore.

— Moi, maintenant, puisque j'ai terminé mes études, j'entreprends d'éternelles vacances et quand vous reviendrez à l'automne...

— Je ne reviendrai pas à l'automne.

— Pourquoi ?

— Votre père s'y oppose.

— Oh ! mon père...

— Vous avez réclamé ma tête et vous l'avez obtenue, Salomé.

— Je n'en veux pas...

— Vous l'aurez quand même, parce que moi je suis bien décidé à ne pas revenir ici, même si l'on m'y invite. Je ne tiens pas à être à la merci d'un commissaire d'écoles qui a des sautes d'humeur et... trop d'influence.

La jeune fille se rembrunit :

— Vous n'êtes qu'un orgueilleux !

— Et vous, une vaniteuse ! Si je n'avais pas blessé votre vanité...

Aussitôt, il vit les beaux yeux s'embuer de larmes.

— Si vous aviez été plus gentil...

— Jacqueline ! vous...

— Eh bien ! oui, je pleure et je l'avoue ! Est-ce que vous pouvez encore me traiter de vaniteuse ?

Alors, la regardant bien en face, il ajouta avec tendresse :

— Moi aussi je vous aime, Jacqueline.

— Jean !... Vous reviendrez alors ?

— Oui... À mon tour, pouvez-vous encore dire que je suis un orgueilleux ?

— Vous reviendrez avant l'automne ?

— Oui.

— Vous reviendrez souvent ?

— Aussi souvent que vous voudrez. Aussi souvent qu'il le faudra pour qu'un jour j'obtienne la main de la femme qui a renoncé à obtenir ma tête.

Avant les derniers accords de l'orchestre, Jean entraîna Jacqueline à l'écart. Dès qu'ils furent dans l'obscurité, ils s'embrassèrent longuement. Et cela, qui n'était pas compris dans le programme des fêtes de la Saint-Jean-Baptiste à Marny cette année-là, aurait quand même reçu l'approbation du brave curé Péladeau.

LE GRAND HOMME

La première fois que j'ai été chez les Marchand, c'était sur la recommandation de Perrier. Marchand était le seul à pouvoir me fournir les indications nécessaires au début de mon travail. Ce rapport littéraire d'une grande découverte qui m'était commandé, en quelque sorte, par mon gouvernement, je devais me presser de le rédiger puisque le bouquin devait être imprimé à Ottawa trois mois plus tard ; j'étais donc venu à Montréal et étais entré en communication avec tous.

Je commençai très vite à prendre des notes, mais le début de l'aventure, le début de la découverte, manquait toujours à ce que j'apprenais des uns et des autres. Dans la bouche de chacun, collaborateur ou chercheur plus jeune, la même phrase revenait : « Il faudrait que vous voyiez Marchand ; lui, pourrait vous donner vraiment une idée de la chose. C'est lui qui a découvert les premiers éléments. »

Finalement, dûment renseigné, je m'étais présenté chez le professeur Marchand. La maison où je sonnais était d'apparence modeste, mais bien entretenue. Une femme d'environ quarante-cinq ans m'ouvrit et me fit entrer dans un salon bourgeois qui n'avait rien de remarquable. Seul le sourire de la femme semblait embellir les lieux. Elle avait dû être très jolie et gardait une certaine fraîcheur. Son sourire était une merveille. Son sourire semblait dire : « Entrez, soyez le bienvenu ; vous êtes sûrement très bon, très noble. Si je peux vous être utile, s'il y a quelque chose que je puis faire pour vous, parlez, ayez confiance. Il faut s'entraider sur cette terre. »

Mme Marchand me dit :

— Que désirez-vous, monsieur ?

— Je suis venu à tout hasard, sans m'annoncer. Peut-être le professeur Marchand n'est-il pas chez lui ?

— Le professeur Marchand n'a pas quitté cette maison depuis huit ans, monsieur. Vous désirez le voir ? À quel sujet ? Vous comprenez, il est dans un état de santé qui ne lui permet pas de recevoir tout le monde.

— C'est Jacques Perrier qui m'a dit de venir. J'ai à écrire un livre sur les liens entre le rayon H et la contre-réaction à la dernière bombe. Voici ma carte.

— Maurice Lanthier ! Mais nous avons lu tous vos ouvrages ! Un instant, je vais prévenir mon mari. Il va être si heureux de vous connaître.

De l'œuvre de Marchand, je savais tout, mais de l'homme, rien et j'étais réellement mal à l'aise d'ignorer jusqu'à la maladie qui le clouait entre ces quatre murs depuis huit ans. Après quelques instants, Marthe Marchand m'introduisit dans une bibliothèque vraiment magnifique. Toute la richesse de la maison semblait réunie là ; derrière le large bureau, un homme attendait dans une chaise roulante. Cet homme n'avait plus d'âge et la seule beauté qui lui restait était ses yeux de feu. Il me tendit avec peine une main déformée par le mal. Une heure plus tard, j'étais sous le charme de cette intelligence extraordinaire me contant les débuts de sa carrière. Huit jours après, j'étais réellement un familier de la maison. Une sympathie spontanée nous avait rapprochés, Marchand et moi. Une amitié solide, basée sur l'estime et l'admiration mutuelle, nous lia très vite. Je partageai bientôt certains repas du maître, à la table familiale. Je fis ainsi connaissance de Laurent et d'Isabelle, ses deux enfants. Je fus ému de constater la déférence que chacun portait au savant. Il vivait parmi les siens, baigné de tendresse, de respect et de compréhension. Il devait sûrement à cet entourage d'élite le moral magnifique qu'il gardait, malgré la maladie terrible qui l'avait laissé physiquement terrassé. Son travail intellectuel l'aidait aussi à tout supporter. Il dictait ses souvenirs, ses expériences, sur dictaphone perfectionné, et sa femme, qui était son ancienne secrétaire, transcrivait ensuite et classait. Existence parfaitement organisée sur les ruines d'une vie, telle était celle des Marchand. Quand je repartis pour Ottawa, renseigné et documenté, j'emportais le regret de ne pouvoir plus voir aussi souvent mes nouveaux amis. Heureusement, par la suite, de longues conversations téléphoniques me gardèrent en contact avec le savant. Nous nous écrivions aussi. Chaque fois qu'il m'était possible de faire un tour du côté de Montréal, je piquais une pointe chez Marthe et Berthier Marchand. Si l'esprit de Berthier Marchand étonnait toujours davantage, la douceur et la beauté plus morale que physique de Marthe m'impressionnaient. Je me demandais si, de par le monde, il existait une autre femme comme celle-là. Et je la comparais à un ange porteur de lumière, allant devant le groupe familial pour le guider. Marchand dépendait totalement de sa femme ; elle l'aidait en tout. Elle dirigeait tout. Mais ce n'est que plus tard que je connus vraiment la véritable personnalité de Marthe, c'est-à-dire quelques années après notre première rencontre, alors qu'en toute confiance, Marchand rappelait des souvenirs de jeunesse et me fit le récit de sa vie. Je me rendis compte alors que le grand homme, c'était peut-être Marthe...

— Ah ! mon cher Maurice ! Comme la vie passe vite malgré tout, malgré les épreuves, malgré les erreurs, malgré tout ce qui semblerait vouloir l'arrêter ou la retarder. Quand je pense que ce matin, nous fêtions Marthe. C'est l'anniversaire de ma femme.

— C'est l'anniversaire de Marthe ! Mais je suis désolé ! Heureusement, il n'est pas trop tard... je vais réparer.

— Voyons, mon vieux, ne te fais pas de souci avec ça. Tu ne pouvais tout de même pas deviner. Moi, je te dis cela machinalement parce que ce fait réveille en moi bien des souvenirs, bien des remords aussi.

— Des remords, toi ? Que peux-tu avoir à te reprocher, grands dieux ! au milieu de la vie que tu fais ! Tu endures stoïquement des souffrances terribles et tout le temps que la maladie te laisse, tu le consacres au travail, à la vie de famille. Pour ma part, je suis tout prêt à te considérer comme un véritable saint en dehors de tes incomparables dons de savant.

— Mais tu ne sais pas toute ma vie.

— Oh ! peu importe ! Je m'en porte garant !

— Ne dis pas cela, tu ne sais pas. C'est même une expérience extraordinaire de penser à ma vie, à la façon dont elle semble vouloir se terminer.

— Tu es un peu en avance sur le temps. Tu n'es pas à un âge où l'on songe à mourir.

— Tu oublies que, handicapé comme je le suis, j'ai vingt ans de plus que mon âge. D'ailleurs, si je travaille bien, si j'ai encore un peu de courage, j'aurai terminé ma tâche quand je partirai.

— On n'a qu'à fixer un instant ton regard pour savoir ta force et ta jeunesse.

— Peut-être... peut-être mes yeux gardent-ils un vague reflet de mes aspirations, des illusions tenaces que moi-même je ne suis pas parvenu à tuer...

— Mais pourquoi cet état d'esprit si sombre, Berthier ?

— Tu veux que je te raconte le passé...

— Je le veux si ce n'est pas commettre une indiscrétion... si ce n'est pas te mettre mal à l'aise. Tu m'as dit avoir certains remords. Qui n'en a pas ? Moi, je ne sais pas si je t'avouerais les turpitudes de mon existence, mes erreurs, mes problèmes insolubles. Je craindrais de perdre un peu de ton estime.

— Oh ! ne crois pas que je m'amuse à faire des confidences à tout venant ; ce n'est guère mon genre. Mais il n'est pas mauvais que sur le tard, j'aie trouvé un compagnon digne de tout connaître de moi et de mieux juger ainsi une âme complexe et, par moments, torturée.

— Je ne suis pas psychologue. Ce que j'écris, je l'écris dans un but scientifique plutôt qu'autre chose ; il me suffit d'apprécier ce que je connais de toi pour être parfaitement tranquille, parfaitement rassuré ; rien ne peut te faire déchoir à mes yeux.

— Ça me fera du bien de parler.

— Dans ce cas-là, vas-y.

— Tu sauras apprécier Marthe encore mieux...

— Marthe... Comme tu l'aimes, ta femme.

— Oui... Comme je l'aime, maintenant...

— Mais...

— Après avoir terminé mes études brillamment, très vite, je fis parler de moi. À cette époque, il était assez rare d'être aussi avancé à un âge aussi tendre, si l'on peut dire ; encore plus vite, mon orgueil fut flatté de ma facilité à découvrir, à connaître, à comprendre. Je sautais les obstacles les uns après les autres et toujours, je me retrouvais plus solide, plus lucide. J'apprenais, j'étudiais, je retenais tout facilement. Je résolvais les problèmes les plus arides. Si j'avais lieu d'être fier, j'avais tort de me sentir aussi gonflé d'orgueil et d'outrecuidance. J'avais nettement l'impression que je tenais le monde dans le creux de ma main. La puissance de mes découvertes me donnait l'impression d'être le maître de la destinée humaine...

— Oh ! tu dis cela...

— Crois-moi, j'étais fou d'orgueil. Bientôt, ivre de gloire et de succès, mais n'ayant pas encore usé de mon cœur, je décidai qu'il était temps de me marier, de fonder un foyer. Et je m'avisai tout simplement de regarder à mes côtés la plus fidèle collaboratrice à mes travaux et de décider que son sourire, vraiment adorable, était bien fait pour orner l'habitation du célèbre savant que j'étais déjà.

— Tu l'aimais ?

— Crois-tu ? Je n'aimais personne.

— Tu exagères...

— Je trouvais Marthe belle, charmante, méritante et très utile. Surtout très utile ! Ce que je n'avais pas prévu, c'est qu'une fois maîtresse de maison, elle abandonnerait ses travaux avec moi. Cela a été la première déception...

— Il était assez normal que, devenant ta femme, elle s'occupât de ta maison.

— Le plus fort, c'est qu'après quelques semaines de mariage, Marthe était déjà enceinte. J'aurais donc dû trouver encore plus naturel qu'elle changeât d'existence du tout au tout.

— Marthe t'aimait, naturellement ?

— Marthe m'aimait depuis des années. Elle me l'avoua le jour où, de but en blanc, je lui demandai d'être ma femme. La pauvre était assurée d'un bonheur sans mélange avec l'homme qu'elle aimait. Ce qu'elle n'avait pas su comprendre, c'est que l'homme qu'elle aimait ne l'aimait pas, n'aimait personne. Lorsqu'elle s'en aperçut, elle était mère et souffrit en silence, sans me faire aucun reproche.

— Tu lui avais avoué que tu n'avais pour elle...

— Cela n'avait pas été nécessaire ; mon attitude, en tant que mari, l'avait vite éclairée. Je rentrais au foyer pour manger et dormir. Pendant longtemps, ma vie continua à se passer au laboratoire et aux cours que je donnais. Quelquefois, le dimanche, je négligeais de retourner à l'étude et je passais l'après-midi à jouer avec Laurent qui était un bébé. Marthe vivait, pour ainsi dire, seule dans notre appartement. Elle voyait peu d'amis, ayant tout abandonné pour vivre dans mon ombre.

— Si tu avais été aussi décevant que tu veux me le faire croire, Marthe ne serait pas avec toi aujourd'hui.

— Marthe est une de ces femmes que rien ne rebute. Marthe est une de ces forces qui s'imposent à la longue, mais qui se refusent à faire des éclats.

— De toute façon, Marthe ne pouvait pas t'en vouloir de t'être voué à la science. Elle devait bien se dire qu'en toi, c'était inconscient.

— Oui... Tant que cet état de choses exista, ce n'était que demi-mal, mais figure-toi qu'un jour... un jour, le hasard voulut qu'une étudiante se rapprochât de moi, une étudiante étrangère d'une beauté capable de distraire tout un cours et de faire damner un nouveau saint Antoine.

— Ce n'est pas vrai. Tu me dis cela, mais...

— Nadia était un démon. Mon écorce rude, mes titres et ma gloire lui firent envie, aussi étrange que cela puisse paraître. Dans sa cervelle sans conscience elle avait décidé d'obtenir mon attention. Sournoisement, elle s'infiltra dans ma vie. Avant que j'aie eu le temps de m'en rendre compte, moi qui n'avais pas une seconde à consacrer à mon foyer légitime, je me trouvais sous le joug de cette beauté, de cette âme perfide. Marthe était douce, distinguée, intelligente mais discrète. Elle attendait toujours, et depuis des années, mon bon plaisir. Nadia bousculait mes idées, mes études, mes recherches, pour me forcer à connaître une existence tout ce qu'il y a de plus humaine, à laquelle je pris vite goût. On me vit dans des cabarets, dans des endroits d'amusement. Je sortis, me compromis même. Nadia avait tant d'emprise sur moi qu'elle me forçait à lui procurer un luxe que ma femme ne connaissait pas.

— Je t'écoute... Je peux difficilement t'imaginer dans ce rôle.

— Sais-tu comment cette femme me tenait ?

— Mon Dieu, non... Je...

— Elle flattait mon orgueil. Elle me comblait de compliments. Elle tenait d'ancêtres serviles, dans ces contrées étrangères, cette facilité à l'admiration exagérée. Si je le lui avais demandé, je crois bien qu'elle n'aurait pas hésité à se mettre à genoux devant moi. En dehors de cela, elle était exigeante, autoritaire, elle voulait sans cesse sentir sa victoire sur ma vie et jalousait ma femme légitime, qui, sereine et digne, élevait Laurent et la petite Isabelle dans le respect et l'admiration de leur père. Le temps passait, m'assujettissant à des habitudes. Nadia était une partie de ma vie de plus en plus importante. Elle me retenait de plus en plus longtemps auprès d'elle. Je devenais peu à peu étranger à ce qui se passait à la maison. Ma femme, cependant, garda longtemps sa tranquillité d'esprit. Tant qu'elle crut que sa rivale était la science, son sourire merveilleux persista. Mais un jour, Nadia qui s'était offusquée d'un rendez-vous manqué et ne voulait pas croire que seul mon travail m'avait retenu, téléphona méchamment et anonymement à Marthe...

« Quand votre mari n'est pas chez vous, où croyez-vous qu'il est ?

— Pardon ?... Je ne comprends pas.

— Croyez-vous votre mari au laboratoire quand il n'est pas chez vous ?

— Mais bien sûr. Qui êtes-vous ? Que me voulez-vous ?

— Vous êtes très naïve. Votre mari mène une double vie et vous ne saurez jamais le reprendre.

— Qui êtes-vous ? Pourquoi me dites-vous une chose pareille ? Madame, que savez-vous encore ? »

— Marthe, dès l'époque du téléphone, fit sa petite enquête et comprit la vérité.

— Pauvre Marthe !

— Marthe incomparable ! Elle joua alors de son charme de femme auprès de moi, mais comme jamais je ne l'avais véritablement aimée et que j'étais sous la domination de l'autre, je m'en aperçus à peine.

« Oh ! tu t'en vas ! Mais tu m'avais dit...

— Je viens de me souvenir que j'ai un travail urgent à mettre au point.

— Tu vas encore au laboratoire, ce soir ?

— Qu'est-ce que cela a d'extraordinaire ?

— Rien, bien sûr. Je m'étais habillée. Je croyais que pour une fois, tu m'accompagnerais.

— C'est vrai, tu as mis une robe nouvelle ?

— Trouves-tu qu'elle me va bien ?

— Pas mal. Mais pour ce qui est de sortir avec toi, je regrette, c'est absolument impossible.

— Comme je te suis devenue indifférente !

— Quelle drôle d'idée !

— Je t'en prie, reste à la maison, ce soir. Nous ne sortirons pas mais nous serons ensemble. C'est si rare...

— Voyons, Marthe, pas de scène et de sensiblerie ! Ce n'est pas aujourd'hui, alors que je suis à la veille d'une de mes plus grandes réussites, que tu vas être ennuyeuse et tyrannique. Je ne le supporterais pas, d'ailleurs. J'ai besoin de tout mon calme. »

— Et ce soir-là, comme toujours, je repartis, laissant Marthe à son chagrin et à ses deux enfants endormis.

— C'était vraiment l'époque de ta découverte ?

— Oui. Et j'approchais de l'épreuve. Il était vrai que mes recherches me prenaient beaucoup de temps. Je n'avais pas perdu l'amour de mon métier. L'idée que j'approchais du but me donnait du courage, me permettait de chercher des heures et des heures, sans le moindre repos. Ensuite, je me rendais chez Nadia qui exigeait que je reste un fervent chevalier et même une escorte pour ses sorties. Le jour où je découvris le secret que je cherchais depuis de longues années fut le jour le plus terrible de ma vie.

— Comment cela ?

— Nadia, depuis la première fois, avait gardé l'habitude de téléphoner méchamment à Marthe qui n'ignorait plus rien de la double existence que je menais depuis des années.

— Et elle ne te l'avait jamais dit ?

— Non. Cependant, elle pensait depuis un certain temps à me quitter, ne pouvant plus supporter de vivre près de moi dans ces conditions.

— C'était assez compréhensible.

— Chose curieuse, Nadia, dans le même temps, se sentit lasse de moi et accorda ses faveurs à un jeune industriel, si bien que le jour où, comme je te le disais, je triomphais dans mes recherches et que j'accourus chez Nadia pour lui crier ma joie, je la trouvai dans les bras d'un autre. Je retournai alors machinalement à mon foyer, en ruminant mon dégoût et ma terrible blessure d'orgueil. Je me rendis compte alors que Marthe, que je n'avais pas vue depuis trois jours, avait déserté la maison avec mes deux enfants. Elle m'avait laissé une lettre que je lus avant de m'écrouler. Je vais te la lire. La voilà.

Il déplia des feuilles déjà jaunies.

— Écoute :

« Je te quitte après avoir bien réfléchi, la pensée des enfants me guidant avant tout. Tout ce que je leur ai dit de toi depuis des années est si différent de ce que tu es vraiment qu'ils sont près de comprendre combien je leur ai menti. Ne cherche pas à faire valoir tes droits sur eux, bien que je doute que tu en aies envie ; je sais tout depuis des années et j'ai obtenu des preuves indiscutables. Si tu veux les voir de temps à autre, je ne m'y opposerai pas ; j'aimerais autant qu'ils finissent par oublier qui est leur père. Pour ce qui est de notre vie matérielle, tu recevras des instructions de mon avocat et tu te rendras compte que je n'ai pas l'intention d'abuser de toi. Je travaille depuis deux ans à faire de la transcription à la maison et vais continuer. Je ne te reproche rien ; en échange, accorde-moi de me laisser vivre en paix, comme je l'entends, avec les petits. Ce

qui t'excuse — et que j'ai compris bien tard — c'est
que tu ne m'as jamais aimée. Ce qui me console vaguement et que je sais aussi, c'est que tu n'aimes vraiment
que toi, que tu es un monstre d'orgueil et d'égoïsme.
Dieu veuille que tu ne coures pas à ta perte. Adieu. »

— C'est en lisant son dernier mot, *adieu,* que je m'écroulai.

— Qu'est-ce que tu veux dire ?

— La lettre de Marthe m'avait révélé la saleté de ma vie,
l'odieux de ma conduite, et l'adieu de ma femme me foudroyait.
Je sentais pour la première fois qu'en la perdant je perdais tout
refuge et toute beauté.

— Que veux-tu dire exactement quand tu dis que tu es
tombé foudroyé ?

— Je suis tombé sur le plancher comme une loque, sans
connaissance et sans plus de réaction à la vie. J'avais usé toutes
mes ressources physiques et il ne me restait plus un réflexe. Quand
je repris connaissance, dix-sept jours s'étaient écoulés, dix-sept
jours de méningite qui m'avaient laissé vivant, mais presque entièrement paralysé.

— Mon pauvre vieux, comme tu as dû souffrir !

— Si Marthe n'avait pas été là, je n'aurais pas résisté au
désespoir.

— Marthe ! Mais je croyais...

— Bien sûr, Marthe ! C'est elle qui m'avait découvert sur
le plancher du salon, en venant chercher quelques effets oubliés.

— Et elle ne t'a pas quitté ?

— Nuit et jour, au contraire, pendant tout le temps de
l'épreuve, elle fut à mes côtés, prenant sa revanche...
Un soir, je commençais à retrouver mes esprits :
«Marthe !

— Oui. Que veux-tu ? Il ne faut pas te fatiguer, Berthier.

— J'attendais que nous soyons seuls. Marthe, pardon !
Pardon !

— Je crois que tu as expié et que tu n'as pas fini d'ex-
pier.

— Marthe, tant de choses m'angoissent, si tu savais...
Que se passe-t-il ? Que m'arrive-t-il ? Ma mémoire me
revient si difficilement, si vaguement...

— Mon pauvre Berthier !

— Pourquoi dis-tu « mon pauvre » ? Je sais bien que
je n'ai pas beaucoup de forces, tellement peu même
qu'il m'est impossible de remuer... Marthe, tu ne m'as

pas dit ce qui m'était arrivé... Marthe, ma découverte ?
Marthe ? Marthe, parle-moi ! Est-ce qu'on sait que j'ai
découvert...

— Oui... oui, de ce côté-là, tu peux être fier. Ta découverte a fait un bruit formidable. Ton nom est dans tous
les journaux, dans toutes les revues de science. Tout
le monde parle de toi.

— Alors, c'est vrai ? Ce n'est pas un rêve. Quand...
quand je suis tombé malade, puisque je suis malade,
j'avais enfin découvert...

— Oui, oui... Berthier.

— Ensuite ? Je me suis retrouvé seul, comme un mort
dans sa tombe, cette tombe où j'ai failli rester. Oh !
Marthe, c'était abominable, cette coïncidence : la gloire
et la solitude. Marthe, tu es donc revenue ?

— Je suis revenue parce que tu avais besoin de moi.
Est-ce que cela n'a pas toujours été mon lot d'être là
quand tu avais besoin de moi ? J'ai compris que ta
fatigue était plus grande encore que la joie d'avoir atteint
le but. Pourtant, cette fatigue, tu l'avais accumulée loin
de moi, au service d'une autre que moi...

— Marthe, pardon... Pardon !

— Tais-toi, maintenant. Tu as suffisamment parlé, pour
une première fois. Je suis même coupable de t'avoir
laissé faire si longtemps. Repose-toi.

— Réponds-moi encore... Qu'est-ce qui m'est arrivé
exactement ?

— Tu as fait une méningite. On a cru que tu ne vivrais
pas.

— Et maintenant ?

— Tu vivras, Berthier, bien sûr, tu vivras. Ta pensée
vivra mais, mais... Oh ! Berthier, tu es paralysé... Jusqu'à
quel point cela pourra s'atténuer, nous n'en savons
encore rien.

— Paralysé ! Paralysé !

— L'avenir nous dira ce que vraiment tu pourras faire
plus tard...

— Marthe !

— Tais-toi, ne parle plus. L'important est que ton
cerveau reste lucide, que tu puisses penser, que tu
puisses chercher, calculer...

— C'est horrible, Marthe !

— Dis-toi que tu es vivant.

— Mais j'aurais préféré mourir.

— Ton cerveau vit. Ton cerveau est le plus fort. Et pour le reste, je suis là. Je suis là, Berthier. Tu comprendras peut-être enfin ce que c'est que l'amour. L'amour d'une honnête femme. Fie-toi à moi... Remets-t'en à moi et tu pourras encore faire de grandes choses, puisque tu es un intellectuel et que la flamme de ton cerveau est bien vivante. »

Entre Berthier et moi, le silence se fit un moment. C'est moi qui renouai la conversation.

— Le premier jour où elle m'a ouvert la porte de ta maison, son sourire m'avait laissé présager la femme qu'elle est. Marthe... Merveilleuse Marthe !

— Et tu sais... mon supplice est sa revanche...

— Je ne peux pas croire qu'elle ait pris sa revanche, qu'elle l'ait voulue tout au moins.

— Tu sais bien que non. Plutôt que de me sentir torturé, je crois qu'elle aurait bien simplement renoncé à cette victoire.

— Quelle victoire ?

— Je suis un vieil homme impuissant... un infirme, un incapable, et je l'aime ! Je l'aime depuis huit ans, comme un fou. Je l'aime à en rêver presque chaque nuit...

ÉVASION

À la hauteur de la fenêtre, un cerf-volant reste pendu, déchiqueté, aux branches d'un arbre, comme un souvenir mélancolique. De la citadelle, là-bas, on doit pouvoir suivre avec plus de précision les jeux du crépuscule. La lumière du jour se cramponne encore au vert sombre des dômes, à l'argent de quelques clochers, se tapit contre des pans de maisons, tandis que les ténèbres, avec patience, la happent, la pourchassent dans tous ses refuges, l'enveloppent, la recouvrent complètement. Dans le port, les vagues se balancent somnolentes. La grande voix de l'Atlantique se feutre. La nuit tombe sur Halifax. D'une rue transversale, le taxi débouche et stoppe devant le seuil. « Enfin ! » La jeune fille se retourne nerveusement, revient à la coiffeuse. Un regard vers la glace. Sur ses lèvres sèches, elle passe une langue sans salive. Elle tire sur son chapeau pour qu'il lui cache bien le front. Elle ouvre son sac, vérifie une fois de plus. Le billet s'y trouve. Mais quel est cet objet ? « Ah ! la clef ! » Elle la jette sur la commode, cette clef qui ne lui servira plus. Elle ne veut pas la garder : elle évoque trop d'arrivées dans cette maison, dans cette prison dont elle va s'évader. « Ma valise... » Elle la prend sur le lit, hésite encore un instant puis, résolument, sort de la chambre. Elle marche vite. Elle voudrait courir. Elle s'impose de marcher pour se pénétrer de la conviction qu'elle ne cède pas à ses nerfs. Soudain, elle s'arrête. Elle écoute. Quelqu'un monte. « Le chauffeur, évidemment ! » Elle fait un pas vers la porte d'entrée. Elle est sur le point de l'ouvrir, lorsqu'elle perçoit le grattement d'une clef — de l'autre clef — qui cherche la serrure. « S'il arrive, je passerai par l'arrière », s'était-elle dit.

S'il arrive ? Mais il est là ! Il va entrer ! Elle court, se cogne aux meubles, se blesse au genou, renverse une chaise, parvient à la cuisine, ouvre une porte, déchire, sur le pêne, la poche de son manteau. « C'est lui, il revient. »

Le hangar. Elle y est. De toutes ses forces, elle repousse une caisse qui bloque la sortie. Sa voix, à lui. Il l'appelle. Il ne se doute de rien encore. Il pensera qu'elle s'est absentée quelques minutes, pour aller à l'épicerie, peut-être. Elle s'engouffre dans le noir escalier tournant. Deux étages à descendre avant de parvenir au rez-de-chaussée. Là-haut, on a sonné. Cette fois, c'est le chauffeur. En apprenant qu'on a demandé un taxi, l'autre va tout deviner. Non, pourtant. Comment pourrait-il croire à ce départ que rien ne laissait présager ? N'aurait-elle pas été suffisamment prudente ? Suffisamment sournoise, hypocrite, menteuse ? Elle dévale les marches. « Il sera convaincu qu'il s'agit d'une erreur, que le chauffeur s'est trompé d'adresse. »

Voici la ruelle. « Et s'il retient cet homme ? Le temps d'aller dans la chambre, de constater que ma commode et mon placard sont vides. Il comprendra. Je suis perdue. » Des larmes incontrôlables roulent sur ses joues pendant qu'elle fait, en chancelant, le tour de la maison. La rue. Avant de s'y élancer, elle s'abrite derrière un arbre, risque un coup d'œil. La voiture, mais pas de conducteur. « Il n'a pas eu le temps de descendre. »

Elle attend, les yeux braqués sur l'entrée de la maison. Quelques secondes. La porte s'ouvre, le chauffeur paraît. Il est seul, rouge de colère. En maugréant, il se remet au volant. « Taxi ! » Elle veut crier. Sa gorge n'émet qu'un son étranglé. Elle se précipite. L'automobile va démarrer. « Mais s'il est à la fenêtre, il me verra de là-haut, lui. Tant pis. Taxi ! Taxi ! »

Le chauffeur se retourne. Il la regarda courir vers lui. Étendant le bras, il ouvre la portière. Une cliente. Au moins, il n'aura pas été dérangé pour rien. Elle monte, donne une indication. La voiture se met en marche lentement, puis dès que le chauffeur a compris qu'elle est pressée, gagne de la vitesse. À moitié évanouie sur la banquette arrière, la jeune fille reprend son souffle. Hystériquement, elle sanglote et rit tout bas. Le vent, pénétrant par la fenêtre entrouverte, sèche son visage et agite la petite carte fixée à sa valise. Un nom y est inscrit : Christiane Morance.

Il n'y a qu'une quinzaine de personnes dans le wagon de seconde classe quand Christiane y pénètre. Elle n'a pas de peine à se trouver une place. Elle range sa mallette sur le porte-bagages et s'assied aussitôt.

« J'aurais préféré plus de monde. Il devinera sûrement que je retourne chez mes parents. Pour le dépister, j'aurais dû prendre un billet pour une autre ville et filer de là vers Montréal. On ne songe pas à tout. Bah ! une fois en route, je ne le craindrai plus. Il ne viendra pas me relancer jusque là-bas. Ses affaires le retiennent ici. Il se résignera à ma fuite et peut-être de très bonne grâce. Il est sûrement lassé de moi, sans le savoir encore. Un an, c'est bien long pour lui. Un an qu'il me voit tous les jours, lui qui se fatigue si vite des gens. Mais il a tant d'orgueil. Par dépit, il cherchera peut-être à... Et s'il me reprend, quelle sera ma vie ? »

Elle ouvre son sac, en tire un petit miroir. Comme elle est pâle ! Hâtivement, elle se remet du fard, de la poudre, car il y a encore bien peu de voyageurs autour d'elle et personne à son côté sur la banquette. Elle replace son poudrier dans son réticule et attend. La veille, elle s'est procuré quelques magazines quand elle a acheté son billet de chemin de fer : le trajet est si long de Halifax à Montréal et dans les trains les revues se vendent si cher ! Mais la lecture n'a guère d'attraits pour elle, en cette minute qui décidera de son sort immédiat et peut-être de son existence entière. Car elle sent bien qu'elle ne trouvera pas une seconde fois la force de quitter Marc, si elle ne lui échappe pas aujourd'hui. Elle a hâte que le convoi s'ébranle et devienne un abri roulant, un refuge en mouvement dont la sécurité s'accroît à chaque tour de roue. À la dérobée, elle scrute les gens qui montent dans le wagon. Elle est belle, dans cette attitude angoissée. Sa jolie tête au nez légèrement pincé mais très droit s'orne d'une chevelure d'or diaphane qu'elle a fait couper récemment, jusqu'à mi-nuque, et dont les bouts sont retroussés. Les yeux, d'un bleu gris, s'encastrent profondément dans les orbites sous le front bombé et l'arcade sourcilière toisonnée de blond fauve. Les lèvres charnues accusent ses traits affinés et corrigent la fadeur de son visage trop blanc. Déjà, le wagon commence de s'emplir. Sur le quai de la gare, des groupes se forment où circulent des Noirs poussant des diables surchargés. Des cheminots en uniforme courent, évitant les lourds chariots électriques et portant les malles vers les wagons à bagages.

Christiane songe : « J'ai bien mal préparé ma fuite. Mais il est tellement soupçonneux. Il me laissait si peu de liberté. J'avais tout de même la liberté de réfléchir pendant que je souriais pour lui donner le change. » Elle consulte sa montre : encore cinq minutes ! « Ah ! si j'étais riche ! J'aurais pu louer, sur ce train, un compartiment. Je m'y serais enfermée à clef. Un compartiment ?

Que n'y a-t-elle pensé plus tôt ? La voilà, la cachette qu'elle cherche ! Un compartiment ! Christiane referme sa revue, prend son sac et va se lever. Elle regarde encore une fois du côté de l'entrée. Et alors, elle reste glacée de stupeur. À l'autre bout du wagon, elle vient d'apercevoir Marc ! Elle n'est pas étonnée. Elle a peur, mais elle n'est pas étonnée. Il lui a si souvent dit : « Je saurai toujours te retrouver si tu tentes de me quitter. » Elle croit entendre cette phrase. Elle n'est pas étonnée, les choses devaient se passer ainsi. Et pourtant, elle se répète : « Il n'est pas possible qu'il m'ait suivie, qu'il ait su... »

Mais non, c'est bien lui, c'est Marc qui est là-bas. Marc ! A-t-elle jamais aimé cet homme qu'elle hait en cet instant comme jamais elle n'a haï aucun être au monde ? L'espace d'un éclair, elle a la révélation de ce sentiment aussi bouleversant que l'amour, la haine. Une double révélation : en elle-même et chez l'autre. Marc ne se possède plus, c'est visible, bien qu'il cherche à paraître calme. Son masque est décomposé. Sa colère le trahit. Ses yeux hagards le livrent. Il s'efface, agacé, pour laisser passer un porte-faix suivi d'une dame ventrue.

Christiane a caché son visage derrière la revue qu'elle tient à la main, mais jugeant que la forme de son chapeau, la couleur de ses cheveux, le ton de sa robe peuvent être reconnus du premier coup d'œil par Marc, elle se penche, faisant mine de ramasser son sac qu'elle a jeté sur le parquet. Le dossier de la banquette qui est devant elle devient un rempart entre elle et lui. Et elle reste ainsi dans une posture baroque, n'osant plus relever la tête. Elle ne voit plus qu'un tapis, des jambes, des bas, des pantalons avec ou sans revers, des chaussures, des bottines, des caoutchoucs, pieds minuscules d'enfants, pieds de femmes chaussés de suède ou de cuir verni, pieds élégants, pieds gonflés, pieds énormes qui retiennent son attention et qu'elle examine en cherchant à se rappeler si Marc a mis le matin ses souliers bruns à boucle dorée ou ses souliers gris à tiges d'argent.

« S'il approche de moi et me commande de descendre, je refuserai d'obéir. Je crierai, j'appellerai à l'aide, je ferai un esclandre. Et s'il me plaque dans les côtes la pointe de son revolver ? Il l'avait encore pris ce matin. Il n'était pas dans le tiroir de la commode. Il l'a dans la poche de son veston. Eh bien ! je ne bougerai pas. Je ne bougerai pas ! Et on prendra ma défense ! On le désarmera avant qu'il ait le temps... Quels souliers a-t-il ? C'est moi qui les ai sortis du placard, qui les lui ai donnés. Mais je pensais à autre chose. Je pensais à ma fuite. À ma fuite qui n'aura été qu'une fugue si Marc me ramène là-bas. Ce n'est pas la foule qui lui ferait peur. Il me l'a souvent dit : la deuxième balle sera pour lui. Il me l'a dit cent fois. Mais aurait-il l'audace ?... »

Un homme est là, debout, à côté d'elle. Un homme ! Tout se brouille dans le cerveau de Christiane. « *Excuse me Miss...* » Ce n'est pas sa voix. Pas la voix de Marc. Elle se redresse. Et c'est comme à travers une brume qu'elle voit un vieillard. Il désire occuper la place restée libre sur la banquette. Christiane se tasse contre la vitre, se fait toute menue. Le vieux monsieur lui sourit, s'excuse encore en hissant un sac de voyage sur le filet. Elle risque un regard vers l'entrée. Marc n'y est plus !

Avant que l'homme ait pu s'asseoir, Christiane se lève, quitte la banquette, enfile le corridor, traverse plusieurs wagons, se butant contre les gens. Voici un compartiment. Elle tourne la poignée. Il est fermé à clef.

Christiane essaie une autre porte qui s'ouvre sur un petit salon éclairé. Le lit est déjà prêt pour la nuit. Près du lit, une malle entrouverte. Et là, pendu à un crochet, derrière la porte, un manteau de gabardine grise. Un manteau d'homme.

Christiane s'enferme, éteint, s'assoit sur le lit. Elle ne sait plus si elle doit rester là. Elle voudrait partir, maintenant. Distraitement, elle regarde des retardataires qui courent pour monter dans le train. Et soudain, elle y pense : « Cette toile. Mais il faut baisser cette toile ! »

Elle va se lever lorsque la porte du compartiment s'ouvre. Un gros homme aux yeux bouffis, au visage tavelé et puant l'alcool, entre et fait jaillir la lumière. Instinctivement, Christiane s'est dressée. Elle ne peut retenir un cri :

— Monsieur !

L'homme, étonné, l'examine.

— Vous parlez français ? Moi aussi. Qu'est-ce que vous faites dans mon compartiment ?

Christiane ne répond pas. Elle entend le signal du contrôleur qui, à l'autre bout du train, tire sur le cordon avertisseur. On va partir. Elle est sauvée ! Elle perçoit à peine la voix grasse de l'homme qui lui dit :

— Vous ne répondez pas ? On entre chez moi pour cambrioler, mais on a oublié de se préparer une petite excuse !

Une forte secousse. Le train se met en marche.

— Monsieur, je vous en supplie, permettez-moi de rester un instant, ici. Je vous expliquerai...

L'homme lui sourit, ses yeux s'illuminent.

— Je me disais aussi qu'avec une jolie frimousse comme la vôtre, vous pouvez vous passer d'avoir recours au vol...

Nouvelle secousse. Le train démarre pour de bon. Derrière la vitre commencent à défiler, un à un, les lampadaires de la gare. Christiane va vers la fenêtre pour baisser le store. L'homme, interprétant mal son geste, croyant qu'elle s'est retournée pour sortir une arme, pour le mettre ensuite en joue peut-être, se précipite sur elle et, lui tenant les mains derrière le dos, l'immobilise.

— Ah ! non, pas de ça, ma petite ! J'en ai vu d'autres. Je ne suis pas nerveux !

Christiane se débat :

— Lâchez-moi !

Mais l'homme qui tient d'une main les frêles poignets de Christiane a passé son bras libre autour du cou de la jeune fille et tend son visage vers le sien.

— Tu n'avais qu'à ne pas entrer chez moi. Si tu cries, si tu appelles, je te livre à la police. Je dirai que tu es une voleuse. Si tu te tais...

— Baissez-vous !

Sous le dernier lampadaire, Christiane a aperçu Marc. Il est là, seul, et surveille chacune des fenêtres de ce train qui, petit à petit, gagne de la vitesse. Le regard de Marc a croisé celui de Christiane. Il a tout juste le temps de voir ce couple debout derrière la vitre. Et l'homme... l'homme qui goulûment embrasse Christiane. Alors, alors, sans une hésitation, il a un geste de la main qui est toujours dans la poche de son veston.

La détonation, on l'a à peine entendue à travers le fracas du train qui file maintenant à toute allure. Non, dans le compartiment a retenti seulement un petit bruit sec contre la vitre qui est trouée, striée, étoilée mais qui n'a pas cédé. L'homme, surpris, a relevé la tête, relâché son emprise. Christiane se dégage.

— Goujat !

Elle le gifle. L'homme rit. Ses lèvres épaisses sont barbouillées de rouge. Il a l'air d'un clown.

— Vous pouvez vérifier, je n'ai rien volé. Si vous ne me laissez pas partir, je vous fais arrêter, je dirai que vous avez abusé d'une femme sans défense.

L'homme sourit toujours pendant qu'elle rajuste son chapeau et s'essuie la bouche avec son mouchoir.

— Ça va. Nous sommes quittes.

Elle passe devant lui sans qu'il la retienne. Au moment où elle va sortir, il lui dit, regardant la vitre éclatée :

— On vous en voulait donc tant que ça ?

Christiane referme la porte du compartiment, regagne sa place. Le vieillard se lève, sourit, se rassied. Le sifflet de la locomotive pousse un mugissement plaintif. Le train roule vers Montréal.

TABLE

Achevé   Imprimerie
d'imprimer   Gagné Ltée
au Canada   Louiseville